L'Arpenteur

Collection créée
par Gérard Bourgadier

dirigée
par Ludovic Escande

À Mabousso Thiam

L'arc

Les lieux qu'habitent mes rêves surgissent parfois du fond des eaux, je ne les reconnais pas toujours. Ce pays entier évoque ce temps clos de palissades. L'hôtel où je loge est en face de là où j'ai vécu pour la première fois quand je suis venu ici. Exactement en face, comme si je devais revenir à ce point où se boucle l'anneau, contempler le désastre ou la traversée. J'étais *au milieu du chemin de* la *vie* et j'entamais la portion descendante de l'arc. C'était un temps où l'urgence de vivre essentiellement se faisait cri, lave incandescente, tourbillon. Je venais de quitter une vie surprise par une soudaine avalanche, et ce pays m'avait permis de relever le nez vers le grand air. J'avais échoué dans cette contrée de lacs et de montagnes, grande comme l'espace que le Bouddha parcourut tout au long de sa vie pour enseigner ses quatre nobles vérités. Celle de la souffrance, de son origine, de sa cessation et du chemin qui mène à sa cessation. L'on rapporte qu'après son éveil, sous l'arbre de la Bodhi, il se demanda ce qu'il allait faire de cette sagesse qu'il venait d'atteindre, cette lumière qui, comme un gouffre, s'ouvrait devant lui. Cette doctrine profonde, difficile à voir, excellente, dépourvue de raisonnement et de réflexion, subtile, connaissable par les seuls sages, comment allait-il la transmettre ? Allait-il la garder chaudement près de son cœur, où la proposer aux oreilles qui n'entendent pas ? Il s'aperçut qu'il ne parviendrait pas à formuler correctement ce qu'il avait compris : comment transmettre avec des mots une sagesse atteinte hors du langage ? Le Bouddha, rapporte le canon Theravadin, songea à renoncer à prêcher. L'idéal de dévouement et de compassion qui l'animait semblait vaciller devant l'immensité de la tâche.

*

J'étais venu ici faire le point. *Ralentir travaux*, arrêter un peu l'existence, défaire mes vieilles peaux, me perdre. Me poser, méditer sur ma vie hors du tourbillon de l'aventure sociale, des projets, des désirs, des ambitions, avec la ferme résolution qu'à l'issue, je jouerais mieux la partie. Mais surtout avant tout, j'avais choisi cette terre d'eaux calmes et profondes pour y déposer un fardeau aussi large et abyssal que le lac Baïkal.

*

Le milieu du chemin de la vie ? En réalité je n'en savais trop rien, mais le centre est ce moment toujours présent quel que soit notre âge, ce point de bascule où la possibilité de la chute est là, vertigineuse. Et j'avais chuté.

*

Je pris un boulot de serveur dans une brasserie. C'était un temps où l'on pouvait encore, en parlant dix minutes dans l'arrière-cour d'une boutique avec le gérant, décrocher un job et être à l'essai dès le lendemain. Les horaires me convenaient parfaitement, je commençais mon service à 16 heures et finissais à 22 heures, sauf le samedi. La brasserie était située à vingt minutes de marche du petit studio que je louais avenue Louis-Casaï au numéro 80. Ce travail me permettait d'être attentif aux autres, à leurs moindres désirs, je pouvais ainsi voir sans être vu. Le statut de serveur me rendait transparent. Mon loyer me coûtait le quart de mon salaire. Je pouvais le matin après avoir fait couler un café, déposé le pot de miel sur la table et sorti le beurre du frigo, descendre acheter mon mi-blanc dans la station-service d'en face. Les samedis après-midi, je flânais dans les librairies, je me perdais dans leurs rayons sans fin à humer l'odeur des livres, à les caresser du regard, à toucher leurs textures et à en goûter les premiers mots. Je décidai de voyager dans tous les continents. Auparavant, j'avais fait des haltes, vu quelques villes par-ci, un hameau par-là, entrevu un océan grondant, remonté une rivière rêveuse. Je commençai par l'Amérique latine, la Colombie, le village de Macondo où s'étale cette solitude infinie, puis cet autre village où ce jeune homme vint chercher ce Pedro Páramo, puis la grande ville de Buenos Aires accompagné par Jorge Luis, puis le Chili en poème d'une centaine d'amour, et enfin Mexico hébergé dans la demeure de M. Paz. Las de ces latitudes, je remontai les jours suivants vers les aurores boréales, descendit au pays de Stig dont le besoin de consolation fut si impossible à rassasier qu'il se suicida.

*

Ce pays était une contrée neutre, sans saveur ni histoires. Une organisation sociale presque parfaite, un souffle poli qui se déverse dans les rues. Même la révolte y est propre, policée, encartée. Je m'y plaisais. Quelque chose comme une trêve perpétuelle semblait emplir son atmosphère. Les belligérants de partout avaient consenti à déposer leurs armes aux portes de cette terre épargnée, pour signifier la possibilité d'une paix, quelque part. Après avoir longtemps erré, j'avais décidé de prendre le seul chemin qui ne menait pas à une impasse, celui où le cœur profond disait d'aller. J'aimais mon travail, il occupait mes journées, mais ne remplissait pas mon âme. La cisaille était moins nette et le sang avait coagulé, cependant quelque chose comme les tissus internes de l'âme refusait de cicatriser. Il me fallait ouvrir grande la porte de la béance et laisser le vent sec et régénérateur souffler. Le travail, l'éloignement dans un pays où j'étais devenu anonyme ne suffisaient pas. Je devais entreprendre de me guérir véritablement. J'avais lu dans les pages d'un journal une annonce au sujet d'une possible retraite dans un monastère, pour laïcs. Une cellule était mise à leur disposition ainsi que les trois repas journaliers. La retraite devait être silencieuse. Elle me tenta. Bien que je fusse revenu du désir de fuir les hommes pour trouver la paix, quelques jours de silence, me disais-je, me permettraient d'y voir plus clair. J'arrivai au cloître Marmyal par une après-midi ensoleillée. J'avais pris le train en fin de matinée et traversé ce pays de lacs et de montagnes aux petites gares rapprochées. Les moines m'accueillirent avec bonhomie, m'installèrent dans la cellule et me rappelèrent les règles du séjour. Je me retrouvai avec moi-même, la tête bourdonnant des voix du peuple qui m'habitait. Polyphonie tantôt, cacophonie le plus souvent. Je m'allongeai sur le petit lit et dormis toute l'après-midi. Il paraît que le sommeil est un voyage.

Han

Madère, Madras, Cesária Évora, un air de morna, puis des tanns fumeux un dimanche à 7 heures du matin. Partage des couleurs, îlots au loin, marcheurs, joggeurs le long de la voie de contournement, talibés aux pieds nus, chacun affronte l'existence comme il peut. Pour chaque être humain, les conditions initiales sont ce qu'elles sont, à lui de les transformer en calme jardin ou en buisson épineux, pour peu que les vents l'y aident. Une musique de Wasis me transporte en Camargue, *Dans l'arène el amor*, taureaux, sang, terre rouge, audace, défier la vie. La contribution de Han à la beauté de ce matin, un haïku aux saveurs de cerisier printanier, pêché par hasard dans cet objet en voie de disparition que l'on nomme livre. Dans ce poème, une âme qui tangue entre plusieurs eaux. Une qui a longtemps désaltéré, devenue un jour saumâtre, n'étancha plus ; une claire et calme comme le doux jaillissement d'une borne-fontaine ; une impétueuse et vive, débordante, parfois étouffante sous la violence de ses torrents ; une odorante et suave mâtinée de ginseng et de sucre roux.

*

L'esprit s'absente dans les gouffres du sommeil. Je me retrouve dans le rêve au volant d'une voiture. Deux cent soixante-dix kilomètres de route en perspective cavalière. Le monde interne bruit toujours du peuple qui l'habite. Le dialogue intérieur se poursuit, décousu, fantasque, diachronique. Pour la route, il faut un mélange d'attention, de concentration, de promptitude et de souplesse. Création progressive de cet espace mental vide où la parole n'a plus prise. Agilité du chat pour contourner in extremis un obstacle qui surgit inopinément. Ça peut se jouer à une petite absence : le temps de changer un cd. S'absenter, mourir peut-être, en écoutant *Let it Go* de Wasis Diop. Je pense à Saïda Ragu. L'odeur de son café, son rire éclatant, l'élégance avec laquelle elle tenait sa cigarette. Djibouti, le Yémen et l'Égypte dans sa voix rocailleuse. La chanson dit :

T'étais déjà parti avant que le coq ne chante [...],
tu enfourchas un cheval, en partant tu ne fis pas de bruit.
Tu t'es longtemps demandé comment il fit pour convoquer la bonne fortune.
Si la quête éclairait les chemins, les affligés auraient maintes fois (dix fois) quelque part où se raccrocher.

Je double ce camion ou pas ? La visibilité est-elle assez suffisante ? Trop tard, je me suis déjà engagé et ce véhicule arrive en face à toute allure. La quatrième tarde à prendre son élan. J'accélère avec force et conviction tout en relâchant légèrement la pédale afin de lui donner du mou et plus de pompe. L'être entier est à cette manœuvre. Le peuple qui m'habite aussi. Rabattement de justesse, avec appels de phares et klaxons pour dégager l'espace de salut et modifier la chorégraphie de la route. Le long du chemin, ce pays et ses réalités. Malgré ma connaissance de chaque portion de cette route, des configurations inédites émergent : création continue du réel. La musique de Wasis toujours : *Judu bek*, *Galu Nobéél*, *Tuti Sop*. Avant la vie, la musique était là. Après, elle perdurera. Je me réveille. Le silence de la pièce. La musique du rêve qui résonne toujours dans mes oreilles.

*

J'aimais la vie. Sa ligne incertaine et discontinue. Ses joies soudaines et ses âpretés qui creusent en vous des sillons drus. J'aimais la nonchalance de leurs pas. Leurs voix pleines de tendresse. L'effilé de leurs regards. La qualité de leur présence. Ces voix familières. Une femme, c'est un univers lumineux de mystères. D'abord une allure. Une manière de presser la couche meuble de la terre. Effluves fugaces et tenaces dans mon souvenir. Les hanches des grandes filles de Nguaye et de Ross Béthio, Mbane, chutes infécondes, vers où monte cette grâce ? J'aimais leurs promesses non tenues. Leurs fulgurances. L'éternité d'un temps figé mais qui finit par passer. Jeu d'ombres et d'illusions.

*

La première chose que j'avais aimée chez elle, c'était son parfum. Suave et insistant. Il m'avait littéralement happé. C'est ma nuque qui en premier l'avait sentie. Une onde avait parcouru mon échine. Je sortais de cours et j'allais au restaurant universitaire. Elle m'avait dépassé, même un peu bousculé dans la longue queue. Je pus la voir monter les escaliers et disparaître dans l'angle du colimaçon. Quelque chose comme une empreinte sensorielle m'était restée d'elle. Je l'avais revue dans une soirée estudiantine et tout de suite reconnue. Cette fois-ci, je lui avais adressé la parole. Une nuit passée à discuter jusqu'à l'aube. Le temps de découvrir, dans un émerveillement commun, l'étendue de la connivence. Goûts littéraires et musicaux convergents. La vie nous avait mis sur des chemins d'apprentissages similaires. Parents fonctionnaires, errant dans les villes et les campagnes du pays, affrontant l'instabilité géographique et le désancrage.

Ce temps de l'avant aveu est délicieux. Le langage y déploie des trésors de subtilité. Il se fait corps, inflexions de voix, regards, gestes mesurés, stratégies d'engagement et de repli. Travail de placement stratégique pour être en mesure de lui parler avant que sa conversation ne soit prise. Appels, réponses, balle à saisir au rebond et surtout, le kairos : cet art de la saisie du moment opportun, pas trop tôt et surtout jamais trop tard. Le moment à ne pas rater pour lui effleurer et lui saisir la main. Ce temps où tout l'univers conspire au cours d'une nuit silencieuse qui retient son souffle.

Nos corps se rapprochèrent.

À l'aube nous sûmes tous les deux que nous allions continuer le chemin ensemble. Cette certitude intime fit taire la hâte. Je promis de l'appeler les prochains jours afin de continuer la conversation, lui avais-je dit. J'eus pour seule réponse un sourire plus lumineux que le bleu de l'Atlantique.

Le temps des cyclones

Toute la journée, Fodé fut habité par un sentiment de solitude, la raison lui apparaissait clairement. Marème venait de s'envoler quinze jours pour le Botswana. Ces derniers mois, elle avait meublé ses solitudes, fleuri sa vie et ses projets d'avenir. Toujours à en faire des projets, nous autres humains, malgré le fait que le présent souvent les dément ; mais hélas, nous avons viscéralement besoin de crocheter l'action présente à un futur rêvé. Marème lui manque. Il l'imagine durant son long vol, fatiguée, belle et songeuse, heureuse peut-être, avec en fond une anxiété sourde nourrie par les luttes à venir qu'elle sait devoir livrer. Pour qui veut mener sa barque, s'individuer nécessite toujours de batailler contre les vents contraires qui immanquablement se lèvent. Tonton Pierre avait téléphoné la veille et lui avait rapporté que la mer avait fait échouer des bancs de poissons morts sur la plage de Djilor. C'était le signe qu'un Jaxanoora de la grande lignée allait prendre congé. Le sentiment de vacuité de Fodé s'accentua. Une solitude par anticipation. Ce Jaxanoora de la grande lignée, c'était certainement le vieux Ngof. Le gardien du sanctuaire et le maître des initiations. Tonton Pierre lui avait demandé de prendre la route toutes affaires cessantes. Ngof l'avait fait appeler. Il était l'ultime alcôve et le plus ancien Kumax des villages du Loog. Il détenait les secrets de ce savoir qui permettait de calmer les flots, de lever une armée d'abeilles, de ramollir le fer d'une arme blanche. Fodé les avait soigneusement recueillis ces dernières années. Juste avant les travaux des champs. Chaque année, Ngof lui en livrait un peu plus. Durant une décennie, il avait continuellement éprouvé sa loyauté et son intégrité : était-il digne de recevoir cette sagesse ancienne conservée dans l'outre ? Ce savoir avait survécu à la grande épreuve, traversé le désert et les flots. Ngof avait prévenu, avec ce qui semblait n'être à l'époque qu'une simple boutade, qu'il prendrait congé le lundi après les premières pluies de cet hivernage ; il était temps pour lui, disait-il, d'aller rejoindre les ancêtres à Jaanif.

Fodé se mit en chemin. À midi trente, il arriva à Mbour. Il s'y arrêta une demi-heure, acheta des médicaments, quelques mètres de percal, des aiguilles, du fil et du coton. Il reprit la direction de Thiadiaye sitôt ces courses effectuées. Il atteignit assez rapidement le croisement Ndiosmone et prit la direction de Fimela. La route aux innombrables dos-d'âne, les villages de Djofior et Djilass, les jeunes hommes du Hiréna rentrant des travaux champêtres, à la peau d'un noir de jais bleuté par l'océan Atlantique. Il était 15 heures lorsque Fodé atteignit Djilor, ce village fondé jadis par Djidjack Selbé Faye d'après la tradition et où régna Siga Badial. Fodé alla directement chez le vieux Ngof. Il passerait saluer sa tante Khady Faye plus tard. Tonton Pierre était assis sur le lit à côté de Ngof.

— *Fodé, wo té refu*[1] ?

1. « Fodé, c'est toi ? »

— *I, O koor o Maack*[1].

— Je t'attends depuis hier, je croyais que ton cheval de fer était plus rapide que les chevaux de Djidjack. L'outre doit être transvasée, les secrets des Kumax ne doivent pas disparaître. Il est temps pour moi de rejoindre les ancêtres à Jaanif. Tu vois le rônier de Katamague, là où nous avions coutume de faire halte lors de nos randonnées, tu m'y attendras le septième jour après mon départ. Viens-y avec une outre remplie à moitié de l'eau du puits de Simal. Aujourd'hui je ne pourrai déverser toute l'eau, juste une partie. Es-tu prêt à la recevoir ?

— Ah, *O koor-ohé Ngof*, toujours à plaisanter. Les ancêtres à Jaanif ne veulent pas de toi, pourquoi es-tu pressé de les rejoindre, ton travail de ce côté-ci n'est pas terminé. Le Ndut s'approche et nous n'en avons pas terminé les préparatifs, tu nous fausserais compagnie, Ngof? Tu irais à Xonokoulou sur l'île de Sangomar en nous laissant seuls ?

— Jeune impertinent, tu sais bien que mon travail de ce côté-ci est terminé. À quoi aurait-il servi que je te transmette tous ces arcanes ces dernières années ? Tu es prêt pour veiller sur le Ndut et les âmes des circoncis. Tu seras le Kumax du prochain Ndut. Je vais transvaser une partie de l'outre.

Ayant dit cela, Ngof se redressa et s'assit au bord du lit. Il fit signe à Fodé de s'approcher. Il lui indiqua la cantine sur sa droite et lui fit signe de l'ouvrir. Fodé s'exécuta. De celle-ci s'échappa une odeur de poudre cramoisie, de bambous et de cuir séché. Il lui désigna une outre cousue sur les côtés et lui dit :

— Maintenant Fodé doit mourir et Kumax doit naître.

1. « Oui, vieil homme. »

Le temps des thuyas

J'ai rencontré ce garçon hier à la soirée des Châtaigniers. Fred m'y avait invitée. Je l'avais déjà aperçu dans le campus. Il traînait avec la bande de Kappa. Il a un nom difficile à retenir, mais une fois chopé, on ne l'oublie plus. Je me le suis répété dix fois, mis en bouche. Bouhel. Il me plaît ce prénom. Tout ce qu'il ne dit pas. On ne sait pas d'où il vient et c'est ce que j'aime tant. Hier, je lui ai parlé. Au début, il était peu disert. Puis on s'est mis à discuter de musique, de poésie, et là il ne s'arrêtait plus, comme un fût percé. J'aime sa sensibilité. En même temps, elle me fait peur. Nous avons parlé presque toute la nuit. Je pressens chez lui quelque chose qui relève de la lave. Nous nous sommes promis de nous appeler et de nous revoir. J'espère que ce sera avant les vacances d'hiver. Je dois aller rendre visite à ma mère à Varsovie. Hier elle m'a téléphoné. Mon frère a encore fait une crise de démence. Vladimir, toujours à mettre la famille sens dessus dessous. Ils l'ont emmené à l'hôpital juif de Czyste. Les médecins ont décidé de le garder quelques jours, le temps qu'il se calme et que les médicaments fassent leur effet. Ils nous rendront un légume alors que, malgré sa maladie, Vladimir est débordant d'énergie. Il a ses absences. Il voit le monde profond, m'a-t-il dit l'autre jour. Le vrai, pas celui d'ombres et d'illusions que nous habitons. J'ai parfois essayé de le suivre dans ce monde-là, mais il est trop foisonnant. Je m'y perds et je reviens à cette réalité-ci. Souvent terne, mais avec ses beautés soudaines. Le visage de Bouhel. Ce quelque chose d'à la fois calme et incandescent.

Ce matin, il fait moins froid que les jours précédents. J'ai marché sur le lac gelé pour aller à la fac. En passant devant le restaurant U, j'ai pensé à lui. La première fois que je l'ai vu c'était dans la longue queue du midi. Nevena et moi préférions attendre 13 heures pour nous rendre au restau U. Il y a moins de monde et on évite ces braillards de bleus. Ce jour-là, nous avions un contrôle à 14 heures. Quatre heures d'épreuve, il valait mieux déjeuner avant. Il était là dans la queue discutant avec ce Sénégalais que tout le monde connaissait dans le campus tellement il était grand. De longues jambes, une peau très noire, un visage émacié, des doigts fins. Bouhel était silencieux. Il écoutait Abbas qui faisait de grands gestes. Son silence en imposait. Nous étions pressées et Nevena décida que n'allions pas faire la queue. Elle lâcha : « Ulga, on marche avec autorité, on ne se retourne pas et on trace, tu verras, personne n'osera rien dire. Sinon on ne déjeunera jamais avant 14 heures. » Nevena est comme ça. Résolue. Une fois, elle a stoppé un bus sur un pont, bien après l'arrêt. Elle s'était mise au milieu du pont et avec conviction avait fait de grands signes au chauffeur qui n'eut d'autre choix, à la stupéfaction de tout le monde et des bancs de poissons en contrebas, que de s'arrêter, en dehors de la zone réglementée, et de la laisser monter. Elle avait examen ce jour-là et il n'était pas question qu'elle arrive en retard à la fac.

Nevena et moi venons de l'Europe de l'Est. Les études, c'est important pour nous. C'est la seule chose que nous avions pour échapper à ceux qui avaient décidé de borner nos existences : régimes communistes, dictatures, ingérence de la Russie, fermeture au monde, indigence matérielle, apparatchiks se la coulant douce, endoctrinement dès le plus jeune âge. Lorsque nous voyions à la télé, sur l'unique chaîne, les supermarchés de l'Ouest remplis de divers produits, nous rêvions, nous bavions. Seule l'école fonctionnait encore. À l'université de Varsovie, les places étaient chères. Après le bac nous passions un concours pour y entrer. L'épreuve de maths était extrêmement difficile. Elle représentait l'ultime filtre. Je me souviens avoir passé tout un été à réviser les équations différentielles, la géométrie non euclidienne, les suites numériques. Nevena est roumaine. Nous nous sommes tout de suite reconnues. Cette frugalité, son style sobre et classique, sans fioritures. Cette esthétique un peu vintage. Son sens de l'économie. Un sou est un sou. Pas de gaspillage. Son compagnon Boris et elle, venus ensemble étudier à l'université d'Orléans, sont de gros bosseurs. Ils prennent un repas par jour, passent tout leur temps en dehors des cours à la bibliothèque universitaire. Nevena est très douée en mathématiques.

*

Je l'avais vu de derrière, dos un peu courbé et le menton légèrement rentré, il écoutait Abbas qui lui racontait une histoire qui semblait être sortie du fonds des âges, mais qu'il fallait réanimer par une gestuelle hyperbolique. J'avais remarqué que les Sénégalais, maintenant que je les distinguais des autres Africains de l'Ouest, avaient toujours fière allure. Le port altier, la poitrine légèrement en avant, le verbe haut, la franche rigolade. Il avait la même teinte de peau que les autres et la même charpente de visage et Abbas lui parlait dans ce qui semblait être du wolof. Il devait être sénégalais. Je l'ai dépassé dans la queue, sans faire exprès je l'ai même un peu bousculé, mais comme Nevena me l'avait conseillé, je ne me suis pas retournée. J'aurais pu m'excuser, mais il fallait foncer. J'avais appris de Martha à ne jamais montrer à un homme l'intérêt qu'on lui porte. On avait beau l'avoir rencontré moult fois, au supermarché du coin, à la salle de sport, sur le chemin du lycée, aucun signe de reconnaissance. Ce gars m'intriguait. Ce calme et cette présence. Je le reverrais certainement sur le campus.

Ngof s'en va

Fodé avait ouvert la cantine de Ngof et pris l'outre que ce dernier lui avait désignée. Tonton Pierre observait, silencieux, la scène.

— Fodé, la mixture qui est dans l'outre, le septième jour après mon départ, quand tu viendras à Katamague à l'endroit indiqué, tu en verseras une pincée dans de l'eau et tu la boiras. Elle te permettra de sortir de ton corps et de me rejoindre sur la cime du rônier, afin que je te transvase ce qui n'est pas dans l'outre. Ne t'inquiète pas, tu retrouveras ton corps et tu pourras revenir parmi les tiens.

— Et le reste de la poudre, qu'est-ce que j'en ferai ?

— Une fois sur la cime de l'arbre, tu deviendras souffle et tu la disperseras autour de l'arbre dans les cinq directions.

— Comment je retrouve mon corps, Vieux Ngof?

— Tu accrocheras ton vêtement sur une branche. Veille à ce que la branche ne soit pas trop haute et qu'elle ne surplombe pas de pierres ou d'objets qui peuvent te blesser. Une fois que je t'aurai transvasé le reste de l'outre, souffle tu rentreras dans ton vêtement et tu retrouveras ton corps avec son poids et celui-ci tombera de l'arbre. Tu sais, Fodé, le corps humain n'est qu'un vêtement, tu peux prendre toutes les formes que tu souhaites : du lamantin au cheval, à la perdrix. Si je veux aller en une nuit à Fatick et revenir avant l'aube, je prends la forme d'un aigle ou d'un corbeau, et celui d'un varan, si je veux passer la journée dans la concession de Khady Faye sans qu'elle me reconnaisse.

Après cet étrange échange, Fodé prit congé de Ngof. Ils se regardèrent intensément. Fodé voulut lui faire une accolade d'adieu, le prendre dans ses bras, mais le regard de Ngof le stoppa net. Il se retint. Ngof n'avait jamais aimé les effusions. La mort n'était que voyage. Il s'apprêtait à aller rejoindre les ancêtres à Xonokoulou. Son séjour ici-bas touchait à sa fin. Il avait convenablement rempli ses devoirs vis-à-vis des siens. Il s'était occupé de sa famille et avait protégé la communauté. Ngof plongea son regard dans celui de Fodé. On eût dit qu'il lui transférait son âme et son esprit. Son vieux corps allait se désintégrer, mais son âme, qui avait vécu et accumulé tant de savoir et d'expériences transmués en sagesse, habiterait désormais le corps vigoureux de Fodé. Fodé sentit que Ngof prenait possession de lui. Une densité soudaine l'habitait. Sa poitrine se serra, puis se dilata. Il perçut plus distinctement le bruit des vagues qui doucement s'abattaient sur le rivage de Djilor, les sabots des chevaux de trait rentrant des champs, la lointaine rumeur des concessions de Simal. En sortant de la pièce, il vit son reflet dans le miroir et ne reconnut pas son propre visage. Quelque chose du regard de Ngof habitait désormais le fond de sa rétine.

Ulga

Hier j'ai rêvé d'Ulga. Je me suis couché tôt. Le service de l'après-midi était harassant. Il y avait beaucoup de clients au restaurant. J'ai couru entre les tables. Ils étaient particulièrement exigeants. Ceux qui choisissaient le menu voulaient qu'on leur change les accompagnements. Les entrecôtes n'étaient pas assez saignantes pour certains, le vin douteux pour d'autres, le service pas assez rapide. Une plombe pour choisir et commander, se rétracter, pinailler. Comme si le fait de payer leur donnait le droit d'être capricieux, directifs parfois et même un peu condescendants. Et tout ceci, l'éthique du métier l'exige, vous devez le supporter avec patience. En rentrant, je me suis affalé sur le lit. À peine si je me suis complètement déchaussé. J'ai essayé de lire. Le pavé m'est tombé des mains. Je me suis enfoncé dans le sommeil. Je ne l'ai pas senti arriver. En pleine nuit, je me suis levé pour éteindre les lumières. J'ai pu, chose rare, reprendre le rêve là où il s'était arrêté.

Ulga était debout dans une véranda. Elle me faisait signe de rester là où j'étais, de ne pas venir, il y avait danger. Je la voyais agitée et inquiète et j'avançais vers elle en dépit de ses signes, mais chaque fois que je me rapprochais, la distance entre nous se creusait. Puis Ulga a disparu dans l'embrasure de la porte. Et là, j'entendis des cris. Je me suis réveillé. Ce rêve est récurrent, avec des variantes. Parfois, Ulga est prisonnière dans une maison en flammes, d'autres fois elle est dans une voiture qui roule à tombeau ouvert vers un précipice. Depuis que je suis venu dans ce pays, ce rêve est moins fréquent. Je peux désormais rester un mois sans que l'ombre d'Ulga vienne me visiter. Cela va faire un an que je n'ai pas eu de ses nouvelles. C'est long. C'est trop long.

Les quatre lieux

Très tôt dans ma vie, mes rêves ont habité des lieux étranges. Le silence du fond d'une grotte où la lumière du dehors se réverbère sur les parois rocheuses. Il m'arrivait enfant de fermer les yeux et de me retrouver dans cet antre. Une joie m'envahissait. C'était donc cela la paix. Un univers juste derrière les paupières qu'il suffisait de fermer pour y voyager. Séjourner dans ses prairies, marcher au bord de ses lacs. Se sentir léger, voler, se dissoudre. Puis les paupières s'ouvraient, les bruits du dehors, l'école, les devoirs à faire, les tâches ménagères, les bagarres, la compétition, les luttes, l'adversité, le monde avec ses aspérités qui n'épargnent pas l'enfance. Un jour, je me rendis compte, émerveillé, que cet univers réapparaissait dans la solitude d'un livre, que grâce à ses pages je pouvais voyager les yeux ouverts, assis sur une chaise en rotin dans la véranda, devant la haie de citronnelle que ma mère avait dressée.

Ma mère, il faut que je vous en parle. Qu'elle était belle, Na Adama. Toujours drapée dans de beaux boubous en bazin, indigo, ou wax, avec un art inégalable du choix des couleurs, du nouage du mouchoir de tête. Une énergie lumineuse émanait d'elle. Ce fut une grâce que d'avoir grandi dans sa proximité radieuse. Je comprendrais plus tard que mon amour de la beauté venait de là. Na Adama nous entourait de bienveillance, mon frère et moi. Elle était généreuse et déterminée, faisait tout avec cœur et déployait une intense vitalité dans toute action. Épousseter le salon, parler au boy, surveiller les devoirs, marchander le prix d'un produit. Aucune économie dans sa dépense d'énergie. Tout devait être fait avec méticulosité. Celle-ci frisait parfois l'obsession. L'institutrice qu'elle était ne négligeait aucun détail. C'était comme si elle s'était donné pour mission d'ordonner le chaos du monde. Après la mort de Papa, alors que nous venions d'avoir sept ans mon frère et moi, Na Adama décida de faire de la maisonnée une table d'harmonie et un havre de paix. Elle nous consacra sa vie et nous confia à la clarté de ses jours.

*

Je passais des heures dans cette véranda, *in angulo*, un livre posé sur les genoux. Mon corps était là, mais c'était comme si mon être s'en échappait. Je n'en ressentais plus son poids et sa compacité. Lire n'était pas seulement voyager, mais se dissoudre, flotter dans un autre lieu. Et ce lieu, je ne l'ai plus jamais quitté. En grandissant mes rêves s'échappèrent et habitèrent d'autres contrées. Le sport en était une. Éprouver son corps, sa matérialité, épuiser son souffle et le voir au bout de la course se régénérer, devenir infini ; palpiter, se sentir vivant. Jouer au foot avec les potes. J'étais ce que l'on appelle un libéro et j'aimais défendre les dix-huit mètres carrés de ma surface de réparation, verrouiller l'axe central et prendre la responsabilité d'en être le dernier rempart. Partager un même effort avec des camarades avec qui, le temps d'un match, on est tendus vers le même objectif : gagner, ne pas perdre, remonter le but encaissé, ne rien lâcher, fraterniser, faire corps, construire un langage commun, être solidaires, accomplir quelque chose ensemble. Avoir traversé la même expérience et vécu une même histoire que l'on décortiquait dans les moindres détails après les matchs, où chaque séquence était disséquée, nous procurait le sentiment d'une incroyable fraternité. Les caractères de chacun s'y révélaient. Désormais, nous nous connaissions pour avoir joué, lutté et sué ensemble.

Puis la poésie vint à pas feutrés. Elle ne se jucha pas sur ses échasses de Ségou. Elle me prit par surprise, un peu comme par traîtrise et s'installa en moi. Je ne la vis pas arriver. La beauté cognait rageusement contre les parois de mon être, elle voulait y pénétrer avec son cortège d'éclairs et de douleurs. J'écrivais mes premiers poèmes. Ils étaient d'amour, de beauté, de peine et d'espérance. Une âme effeuillée par le souffle des vents, sensible aux êtres et aux choses, écorchée par le fracas du monde, conservant l'aube qui monte dans ses nervures.

Pendant longtemps, j'habitai l'une des faces de la lune ; le tremblement devant la beauté, l'aspiration à l'harmonie. Avec ce désir d'absolu qui se traduisait ainsi, je restai malgré moi au seuil de la poésie. Je ne souhaitais qu'une partie de la réalité, qu'un fragment du monde : celui qui m'offrait paix, repos et lisse beauté. Je n'étais pas encore guéri d'un idéalisme romantique qui souvent affecte l'adolescence et parfois même l'âge adulte. Je n'étais qu'à moitié initié. L'autre face de la lune m'attendait ; la conversion poétique. Elle était encore à accomplir dans sa plénitude (complétude).

Avec les années, la vie s'épaissit de crépuscules et d'aubes, de tragédies intimes et d'accomplissements, de quêtes entre *ferveur et lucidité*. Je compris finalement qu'habiter poétiquement la vie, c'était d'abord séjourner dans sa dureté, sa tragédie, son absurdité, sa nuit profonde et ses abîmes. La poésie était parfois féroce ; obscure énergie de vie en quête de transmutation. Aucune naïveté coupable dans le rapport que l'on articulait avec elle. Elle ne rendait pas aveugle. La lucidité, dont Char dit qu'elle est la *blessure la plus rapprochée du soleil*, est sa compagne. Habiter poétiquement la vie et le monde, c'était aussi faire l'expérience de son mystère insondable ; toucher *la sinistre épaisseur des choses*. La poésie est la station la plus élevée. Elle tient dans sa main la totalité de l'univers dont elle agrège les lumières, les ombres et les protubérances. En elle, je trouvai des clefs. Pour ouvrir complètement les portes du sens. Pour com-prendre dans un seul élan un tout indéchiffrable. Des clefs pour humer les vents qui annoncent la pluie qui dénude, les horizons qui s'ouvrent, la victoire et la défaite avant l'heure, la beauté qui titube et finit par vous tomber dessus ; mais également celle que Rimbaud assoit sur ses genoux, qu'il trouve amère et qu'il injurie. Des clefs pour approcher l'indicible, le ressentir, le saisir. Faire l'expérience d'un soudain dévoilement. La réalité sonore et phénoménologique que le mot révèle, mais également, cette autre réalité qui ne passe pas par la médiation du langage articulé.

*

Dans une calèche à Rufisque, le bruit des sabots d'un cheval harnaché, sur l'asphalte. Une sonorité qui rythme la cadence de la déambulation dans les rues de la ville. Une sonorité persistante, une présence qui désormais habite la mémoire que j'ai de cette ville. Cette lumière soudaine dans ce regard que l'on croise furtivement et que l'on ne reverra jamais. Une paix inattendue au cœur du tumulte et qui nous rappelle que la réalité est toujours tissée de plusieurs fils. Je compris qu'il s'agissait de voir le monde tel qu'il s'offrait et décider souverainement de retrousser les manches et d'en révéler la puissance indomptée et l'infinie créativité. La poésie n'était pas cette tour d'ivoire faite de belles métaphores et de beaux sentiments. Elle était une insurrection permanente qu'aucune fausse paix n'amadoue. Et ce qu'elle avait d'invulnérable, *c'est qu'elle était gardienne de l'héritage lumineux des morts et qu'elle conservait les infinis visages du vivant.*

Ngasobil

Fodé prit le chemin du retour, songeur. À Fimela, il se rendit compte qu'il avait oublié de visiter Khady Faye. La route menant à Ndiosmone avait été refaite. Il décida cependant de passer par Joal et prit la direction de Samba Dia. Il pourrait ainsi contempler la forêt de rôniers qui bordait la route, s'arrêter au baobab de Fadial, faire une pause à Mbissel et communier avec l'esprit de Maïssa Waly le sage. Il lui en faudrait désormais, de la sagesse, pour assumer la charge que Ngof venait de lui transmettre. Marème allait rentrer du Botswana dans deux jours. Ils allaient en discuter. Devenir Kumax. Protéger les circoncis des esprits malfaisants lors du Ndut. Désobstruer le canal de la force de vie afin qu'elle irrigue les champs, fasse pousser le mil, assure la fécondité des femmes, éviter que ne s'abattent sur la communauté calamités et désastres. Voici à quoi désormais il occuperait l'essentiel de son temps. Il songea qu'il devrait réduire l'activité de son atelier de menuiserie. Il avait beaucoup de travail ces derniers temps, depuis que dans la région on construisait à tout-va, de Mbour à Palmarin. Il avait même songé à recruter un troisième apprenti pour l'aider. Ces dernières années, Fodé s'était arrangé pour ne pas avoir à travailler durant l'hivernage qu'il passait avec Ngof. Il aidait le vieil homme dans son champ de mil. Le matin ils cultivaient le sorgho, et les après-midi, Ngof lui transmettait les arcanes mystiques et les savoirs conservés depuis que les ancêtres avaient quitté la Nubie. Marème avait toujours su que le moment viendrait, où Fodé quitterait tout pour se consacrer à cette charge. Quand elle passait des nuits entières sur ses dossiers de consultance et que Fodé lui reprochait de trop travailler, elle lui répondait taquine que c'était pour les jours où lui n'apporterait plus aucun sou dans le foyer, trop occupé qu'il serait à veiller sur la communauté.

À Mbissel, la voiture de Fodé refusa de redémarrer. Elle faisait de plus en plus des siennes, cette vieille guimbarde. Pourtant, elle venait juste d'être réparée, le démarreur et les amortisseurs avaient été changés. Fodé fut obligé de rester plus longtemps que prévu à Mbissel. Les mécaniciens du bord de la route s'activaient. Il alla se promener dans le village. Celui-ci ne payait pas de mine. Il eut du mal à imaginer que ce petit hameau avait été la capitale du Sine et que le légendaire Maïssa Waly, venu du Gabou, y avait régné grâce à sa sagesse. Mbissel semblait alanguie dans la torpeur de cet hivernage peu pluvieux. Les hommes étaient au champ, les femmes occupées dans les cuisines, les enfants jouaient dans les cours des concessions, mêlés aux animaux de la basse-cour, leurs cris se confondaient avec le braiment des ânes. Il paraît que les esprits puissants imprègnent les lieux. Il chercha celui de Maïssa Waly, mais celui-ci était absent. Le départ prochain de Ngof le tourmentait, même s'il s'y était préparé et qu'il le savait imminent. Un vague à l'âme le saisit. Ngof avait été un pilier. Un roc sur lequel il s'était appuyé les jours paisibles et les soirs de tempêtes. Il allait se dérober. Était-il assez solide pour tenir seul ? C'était une grâce que de pouvoir s'adosser à un infaillible parapet. Quelqu'un dont la foi est inébranlable, la bienveillance profonde, le regard lucide et l'intégrité sauve en toutes circonstances. Ngof avait atteint ce que les bouddhistes appellent une station sans retour. Celle où l'ego est définitivement débarrassé des petitesses et des inconsistances. Les mécanos avaient réussi à faire redémarrer la voiture. Fodé se remit en route. Il arriva vite sur Joal, traversa le pont de Mama Nguedj et prit à droite en direction de Mbour. À la sortie de la bourgade à la hauteur du bruyant garage, il fut pris de vertiges. Ses forces le quittaient. C'est vrai qu'il n'avait rien avalé depuis des heures, mais il avait l'habitude de se priver de manger. Il décida de ne pas s'arrêter, de tenir ; dans trois quarts d'heure il serait chez lui. Alors qu'il se sentait de plus en plus faible, son esprit s'aiguisait, tout lui apparaissait avec une plus grande acuité. La route, le bruit des vagues qui s'abattaient sur le rivage, la clameur de la cour de récréation du lycée Léopold-Sédar-Senghor à droite à la sortie de Joal. À hauteur de Ngasobil, le téléphone sonna. C'était Tonton Pierre. Des bancs de poissons morts s'étaient déversés sur la plage de Djilor. Ngof venait d'expirer.

Luz Dum Estrela

Ce jour-là, j'étais assis sur un banc. De l'autre côté du lac on apercevait la faculté des lettres. Je sortais d'une séance de travaux dirigés et j'attendais le prochain cours magistral. Samuel Angelus Hergibo nous enseignait la sémiologie. J'aimais son cours et ne le ratais jamais. Nul n'égalait son talent pour révéler l'univers des signes et leur langage. J'avais une demi-heure à tuer et je décidai de rester dans les parages. C'était une belle journée de printemps. L'hiver nous avait revêtus pendant de longs mois de son manteau glacé et privés de soleil. Des canards paressaient dans les eaux. Le lac, qui l'hiver était gelé, était devenu à nouveau navigable pour eux. Je me demandais où ils allaient durant la saison froide. Un flot de pensées désordonnées tournoyait dans ma tête. Mme Marchand avait fait glisser sous ma porte le second rappel de retard de loyer. Cette fichue bourse n'était toujours pas arrivée. J'avais téléphoné au consulat, mais ils ne savaient pas quand le virement serait fait. J'attendais toujours que les boîtes d'intérim me rappellent. Une mission de manutention de deux semaines me permettrait d'avancer un mois à Mme Marchand et de la faire patienter. Elle était compréhensive, Mme Marchand, elle nous maternait, nous les étudiants étrangers. Tant que sa hiérarchie ne lui mettait pas la pression, elle nous fichait la paix. Son chef, un jeune frais émoulu d'une business school, et qui pour premier job occupait le poste de directeur des services financiers du Crous, s'était donné pour mission de recouvrer tous les loyers arriérés des résidences universitaires. M. Gripsou était un bouledogue. Il était capable, lorsqu'il vous rencontrait en plein campus avec votre bande de copains et de copines, de vous rappeler avec sa voix stridente que vous n'aviez pas encore réglé votre dû. Dès que nous apercevions sa silhouette longiligne et son visage d'huissier, nous changions de trottoir.

*

J'étais perdu dans mes pensées quand je vis Ulga passer. Elle était seule. Nevena, son double, pour une fois ne l'accompagnait pas. Je la rattrapai et lui proposai d'aller prendre un verre à la cafèt de l'UFR des lettres. Elle devait absolument aller chez elle, me répondit-elle. Elle me proposa de prendre ce verre à la résidence des Carmes. Elle avait du café bulgare que Diana lui avait rapporté de Sofia. Je me rendis compte en chemin que mes poches étaient vides, et que je n'aurais pas pu de toute manière payer le café proposé. Dieu soit loué. La chambre d'Ulga était comme je l'imaginais. Elle avait réussi à transformer les neuf mètres carrés en un nid douillet et délicat. Des draps couleur pastel, un tapis bleu clair, quelques livres dont certains en polonais étaient rangés sur une table dégagée ; les doubles rideaux tirés filtraient ce soleil d'avril. *Miss perfumado* de Cesária Évora s'échappait de la chaîne à musique lovée dans un compartiment de l'étagère au-dessus du lit. La diva capverdienne venait de publier cet album. Ulga se mit à préparer le breuvage dans une cafetière turque. Je l'observais officier. Ses gestes étaient précis, minutieux, presque cérémoniels. On eût dit que préparer ce café était l'activité la plus importante au monde. Pendant qu'elle me posait des questions sur ma journée de cours, elle ouvrit le placard, sortit les tasses et les déposa sur un plateau. L'un de ceux que nous subtilisions au restaurant universitaire et que l'on retrouvait dans pratiquement toutes les chambres d'étudiants. Elle n'était donc pas si parfaite, hum… Cette pensée me fit sourire. La mélancolie de *Sodade* cédait le pas à *Bia Lulucha*, plus groovy, plus coladeira que morna. J'adorais *Sodade*, Amandio Cabral en avait fait un chef-d'œuvre. Mon cœur balançait désormais entre la version de Bonga et celle de Cesária Évora. Assis dans le fauteuil qui faisait face au lit, je *contemplais* Ulga. Elle était solaire. La finesse de ses mains, l'effilé de son regard que voilaient ses mèches brunes, l'agilité avec laquelle elle faisait les allers-retours entre le coin du lavabo qui faisait office de kitchenette et la table de travail où elle déposait le plateau. L'odeur du café emplit la pièce. Je répondais mécaniquement à ses questions ; délicate, elle me demanda si je n'avais pas cours. Je mentis. Mon après-midi s'était subitement libérée. Devait-elle retourner à la fac ? Pas avant deux heures, dit-elle. Et puis elle verrait, elle n'aimait pas ce cours de chimie atomistique, le prof se contentait de répéter le manuel. Le temps nous était donc concilié. Un temps clos de palissades. Les arpèges de piano et le contrepoint du cavaquinho qui ouvraient *Luz Dum Estrela* tapissaient l'atmosphère. Ce titre était si délicat. Les paroles disaient : *j'ai déjà la lumière d'une étoile et sur notre promenade ma lune regarde*. Mots ne pouvaient être plus justes. Au milieu d'une phrase, je pris la main d'Ulga et l'attirai vers moi. Nous nous embrassâmes.

Pairidaeza

Ce moment où l'on accède à la géographie intime de l'autre est une expérience unique. Le temps s'y fige. Il ouvre un gouffre qui vous happe. J'étais projeté dans une *terra incognita* qu'il me fallait apprendre à connaître, délicatement. L'arpenter avec comme guide mon désir brûlant et l'assentiment d'Ulga, qui m'en indiquait les chemins et guidait ma fébrile exploration. Tout cela se faisait à l'aide de signes subtils, une langue du corps que mon âme apprenait à déchiffrer dès ce premier dialogue qui nécessitait la coalescence de tous mes sens. J'avais passé l'après-midi dans le nid d'Ulga. Nous avions fait l'amour plusieurs fois et avions retrouvé les chemins de l'Éden. Ses jardins, ses allées boisées, ses fontaines, ses vallées lumineuses. Nul ombre à l'horizon. La chute promise n'advint pas. *Homo postcoitum triste* disent les anciens. Je ne ressentis pas cette tristesse, mais un sentiment de paix. Nos corps avaient les proportions parfaites pour s'encastrer. Ils se cherchèrent dans une fureur sourde, se trouvèrent et s'emboîtèrent. Ulga était une saveur et une senteur qui m'étaient étrangères, quelque chose entre la mangue salée et le tamarin, sa peau exhalait un parfum de lavande et de santal mêlés.

Après l'éruption, elle me tourna le dos et se lova contre moi. Je pris son sein chaud dans ma paume, en caressai l'arrondi et m'arrêtai sur l'alvéole brune qui entourait le téton dressé. Elle ferma les yeux et réprima un juron dans une langue qui m'était inconnue. Le désir monta à nouveau. Torrent, cavalcade, lave incandescente. Nous repartîmes à la découverte de ce pays que nous formions et que nous ne connaissions pas. Il y avait encore des villes à explorer, des paysages à voir, des saveurs à goûter. Une éternité n'y suffirait pas. Bakary II découvrant cette terre de Tarana, habitée par les Maya et les Olmèques, ne ressentit pas le vertige qui fut le mien. C'étaient les luxuriantes terres d'un continent nouveau qu'il m'était donné de connaître. Le monde subitement s'était élargi. Toute soif finit par s'étancher. Au bout de l'après-midi, au bout du temps, exténués, nous nous endormîmes.

Les Magnolias

Bouhel et moi nous ne nous quittions plus. Rêveuse, je passais mes journées à ne penser qu'au moment où, après les cours, nous allions nous retrouver. Je quittais la fac de sciences, longeais le lac, coupais par la faculté de droit pour aller le retrouver aux Châtaigniers. L'université d'Orléans avait les allures d'un temple niché dans une clairière. Notre aire de battage était le campus, le lac, le sous-bois, la résidence des Carmes et les Châtaigniers. Parfois nous nous échappions en ville, flânions dans le quartier de la rue de Bourgogne, traînions dans ses cafés, ses librairies, et ses bars à tapas. La Pipe de bois était notre point de ralliement, nous y rencontrions Abbas, Kappa, Nabil et Bertin. Ils avaient formé un groupe de musique qui répétait au 288 de la rue de Bourgogne. Abbas jouait de la basse, Nabil de la derbouka et du bendir, Bertin de la guitare et Kappa était le chanteur. Ils avaient décidé d'appeler leur quatuor The Strangers. C'est vrai qu'il semblait étrange, ce combo de musiciens sénégalais, algérien, béninois et français. Nevena, Diana et moi allions parfois les écouter. Nous formions une communauté improbable. Leur répertoire se composait sous nos yeux et nous fûmes leur premier public. J'avais très vite proposé à Bouhel que nous emménagions ensemble. Les studios des Magnolias étaient plus spacieux. Nous n'étions pas riches, mais à deux c'était possible. Nevena me conseilla d'attendre un peu de mieux le connaître avant de prendre cette décision. Je l'écoutais d'une oreille, mon cœur savait que c'était avec lui que je voulais être.

*

Je dis à Martha que j'avais rencontré quelqu'un dont j'étais amoureuse. Il était étudiant et venait d'Afrique. Après un silence, elle me répondit que c'était une belle chose. « Invite-le pour Pâques à Varsovie, Igor et Vladimir pourront ainsi le connaître, renchérit-elle. Essayez de venir durant la *wielki tydzień*, la semaine sainte, Varsovie est belle et animée à ce moment. » Je raccrochai un peu perplexe. Pourquoi cette hâte de le connaître ? C'était étrange. Martha avait toujours tenu à ce que je finisse mes études, quoi qu'il en coûte. Elle m'avait souvent répété dans l'intimité de ma chambrette que la liberté d'une femme, c'était son indépendance. Pas de mariage avant l'obtention de mon Master. Je ne devais pas, comme elle, me laisser aveugler par l'amour d'un homme et lui confier ma vie. Les saisons du cœur changent et la vie était comme les eaux de la Vistule, capricieuse et incertaine. Je décidai d'attendre un peu avant d'en parler à Bouhel. Il ne fallait pas qu'il croie que je voulais le ferrer. Bouhel, après un temps de réflexion, accepta que l'on emménage ensemble. Il avait tenu à poser quelques règles. Même si les Magnolias étaient une résidence calme et que l'interphone à l'entrée et sa discrétion nous avaient attirés, il aurait le droit d'y recevoir ses amis, de leur offrir du café. Bien sûr, on sanctuariserait les temps de travail, mais il tenait à ce que notre demeure reste ouverte à la communauté. Sa chambre aux Châtaigniers était un lieu de rencontre pour les étudiants venus d'Afrique. Il en avait hébergé plusieurs ces dernières années. Il avait désormais besoin d'un peu plus de calme, d'autant que cette année il lui fallait impérativement décrocher une mention pour espérer être sélectionné dans le Master II en sémiologie et littérature comparée que dirigeait Samuel Angelus Hergibo. Mais il ne voulait pas être en prison. J'avais déjà compris cela chez lui, en l'observant sur le campus. Son rôle dans la communauté importait à ses yeux, surtout qu'après quatre longues années passées dans ce pays qu'ils appelaient Tugal, il était considéré comme un ancien. J'étais juste heureuse de me réveiller tous les matins à ses côtés.

Jaanif

Ngof s'endormit. C'était comme s'il remontait en barque le cours d'une rivière dont il ne voyait ni les eaux ni le rivage. Il percevait tout, le murmure des vaguelettes dans les roseaux, le courant, la vélocité de son mouvement. Il se sentit léger. C'était donc ça, la mort. L'apesanteur. Ce sentiment de flotter. Le voyage dura un certain temps. Il lui semblait qu'il avait perdu le sens du toucher et la faculté de ressentir son propre poids. Il avait la sensation d'être dans un labyrinthe en spirale et d'être aspiré par quelque chose de puissant. Le mouvement s'accéléra. Il perçut des présences sur le chemin. Des densités contractant l'espace. Puis, celui-ci se dilata et le mouvement s'arrêta. Les eaux ne s'écoulaient plus. Ngof recouvra la vue. Il se trouvait au milieu d'une vaste étendue d'eau, d'un vert profond aux reflets mordorés. Comme une mer de la Tranquillité aux eaux calmes dont aucune vague ne ride la surface. Il ne savait plus où il était. Sa présence occupait tous les lieux. Elle flottait au-dessus des eaux sans rivages et sans flore aux alentours. Il la sentait au fond des eaux, dans le labyrinthe, dans la concession à Djilor. Était-il arrivé à Jaanif, la porte d'entrée du monde nocturne éternel ? Où étaient les ancêtres censés l'accueillir ? Il était déjà venu plusieurs fois à Sangomar, quand il appartenait au monde des vivants, se baigner dans les eaux coulantes de la marée basse. Elles étaient réputées purificatrices et régénératrices. Mais là, il ne reconnaissait pas le bras de mer, ni l'île de Sangomar.

Il vit son corps allongé sur son lit. Tonton Pierre et Fodé s'affairaient à sa toilette mortuaire. La cour de la concession était remplie de monde. Les femmes pleuraient en sourdine. Des galettes de mil et de riz sucrées étaient distribuées aux parents, amis et voisins qui avaient accouru dès que la nouvelle s'était répandue. Un Jaxanoora de la grande lignée venait de s'absenter. *Massiyo, Massiyo*[1] *! Ngof a réta*[2]. Il avait été décidé en secret que Ngof aurait deux sépultures : une qui serait vide dans le cimetière de Djilor où la communauté irait prier et se recueillir, et une secrète connue des seuls initiés. Il y serait enterré selon le rituel des Guelwaar que l'on inhume là où ils tombent, le corps debout, drapé dans une peau de taureau, le visage tourné vers *tilidji*[3]. Le caveau avait été construit dans la nuit, dès que Ngof avait rendu l'âme, par Tonton Pierre et les initiés du village qu'on avait réveillés, sans que leur famille s'en rende compte. Fodé avait rapporté un mannequin en bois confectionné dans son atelier de Sindia. Il l'avait molletonné pour donner l'illusion d'un corps humain. Il le recouvrit d'un linceul blanc, qu'il cousait soigneusement. Jegan, le plus jeune des initiés, entra dans la pièce avec une souche en bois creusée à l'une des extrémités. Tonton Pierre lui avait demandé de la sculpter et de l'enfoncer au

1. Formule servant à exprimer la compassion.
2. « Ngof est parti », « Ngof s'est absenté ».
3. L'ouest.

moment de l'inhumation près du tombeau, à côté de la tête du défunt. Les initiés y verseraient du lait, du couscous et des offrandes pour procurer à Ngof les énergies qui l'aideraient à atteindre Jaanif. Tout était prêt. Le taureau noir qui serait sacrifié attendait dans un lieu tenu secret. Il l'accompagnerait pour la traversée. Les initiés prirent le corps de Ngof et sortirent par la porte de derrière, pendant que Fodé installait le leurre dans un cercueil en bois.

*

Ngof était là, flottant dans cette étendue infinie et se demandant s'il allait pénétrer à Xonokoulou. Allait-il devenir l'un de ces souffles errant dans les brumes de l'au-delà, ne parvenant pas à atteindre la grande terre de la paix. Sa vie n'avait-elle pas mérité le repos ? Il vit son corps recouvert d'un pagne tissé couché dans une barque, les initiés l'emmenaient à Katamague. C'était là-bas au milieu des rôniers, à côté du Fangool[1] des Fédior qu'ils avaient décidé de l'enterrer.

Au-dessus des flots immobiles, Lassour Diayi apparut, accompagné de Djidjack Selbé Faye, l'ancêtre mythique. Ngnima Faye et Siga Badial firent irruption dans son dos. Étrange, il les vit aussi devant lui. Les ancêtres l'encerclaient et en même temps formaient une haie autour de lui. C'est Siga Badial qui prit la parole.

— Bienvenue, Ngof, au village de la paix. Nous t'attendions. Tu as cru que nous t'avions abandonné, ce scepticisme des Jaxanoora ne te quitte donc jamais ? Sois en paix, Kumax Ngof. Tu as définitivement quitté la terre-mère,

1. Un Fangool, des Pangool : esprit(s) du panthéon sérère.

Adna Kumba Njaay. Bienvenue au pays des ancêtres. Roog Seen t'y accueille. Tu y trouveras la paix véritable, infinie et sans tumulte. Tu seras le Fangool qui veillera désormais sur Djilor. Djidjack ira se reposer. Bientôt son souvenir s'estompera de la mémoire des Hiréna et les libations dans son sanctuaire s'assécheront. Suis-nous, nous allons te faire visiter le pays sans fin.

Let it Go

J'étais allongé dans le grand lit de notre nouvel appartement. Ça changeait la vie d'avoir de l'espace pour étaler son corps. Ulga et moi avions installé deux bureaux aux angles lumineux de la pièce et une petite bibliothèque avec nos livres mêlés. Une étagère était réservée aux disques. J'écoutais *Let it Go*, ce titre dont Wasis Diop avait composé une version dans le home-studio de Steve Shehan. J'avais promis à ce dernier de ne le faire écouter à personne avant sa sortie. Steve et moi, nous nous étions rencontrés lors d'un voyage en Mauritanie et étions devenus amis. Il m'avait raconté ses tribulations dans le Sahara quand il était jeune, sa maladie dans le désert et sa rencontre miraculeuse avec une tribu qui l'avait soigné. Cette expérience avait changé sa vision du monde. Il avait depuis parcouru celui-ci, recueillant ses musiques, les jouant, les enregistrant et rencontrant les humains qui l'habitaient ; et il n'y avait rien de tel pour cela qu'une vie de musicien. *Let it Go* emplissait la pièce. J'avais basculé dans l'univers sonore et sensible de ce titre que j'écoutais en boucle depuis quelques jours. Je décidai d'abord de le décrypter par une écoute active. Je me concentrai sur le texte, la ligne de basse, les accords, le nombre de temps par accord, les placements rythmiques, les syncopes. Je découvris qu'il y avait différents niveaux de jeux de guitare, des contrepoints, des couplets qui s'interpénétraient, des voix qui se mêlaient et se répondaient en antiphonie, la subtilité des percussions de Steve, les basses telluriques de la voix de Wasis, les réponses du piano. Puis, je décidai de ne plus décrypter le titre et de passer à une écoute passive. Celle-ci permettait, par une immersion dans l'atmosphère de la chanson, une plus grande imprégnation sensorielle. J'en ressentais la *vibe*, profonde et aérienne, ce quelque chose d'imperceptible dans lequel tangue l'âme. Ne cherchant plus à saisir, un rif se révélait au détour d'un accord, un mot se faisait clair, une structure rythmique résonnait avec les cellules du corps, un mouvement de l'âme était souligné. Wasis était un dieu sensible et nonchalant qui posait là un univers de beauté et invitait au voyage. Le texte, énigmatique, s'ouvrait sur l'évocation d'un départ à cheval à l'aube, *avant que le coq ne chante*. Une séparation amoureuse. Elle était partie *avant que ne se lève le jour*, sans bruit. Il susurrait aussi une rencontre avec le petit-fils de Kuss le génie, et une interrogation sur l'origine de la bonne fortune. Puis arrive une leçon sur le non-attachement portée par la voix de Grace Edwards. La non-saisie. Laisser les choses s'en aller et, ainsi, revenir, peut-être. Au cœur de la félicité, je tournai le bouton et arrêtai la musique. Apprendre à quitter les choses au cœur de leur gloire. Il en allait ainsi de la vie.

Wielki tydzień

Bouhel avait accepté de venir à Varsovie durant Pâques. Nous réservâmes deux billets sur une compagnie low cost avant que les prix ne grimpent. Igor avait parfois un humour un brin polonais. J'appréhendais. Je craignais quelques blagues douteuses sur l'Afrique ou des poncifs naïvement lâchés, sans méchanceté, ce qui était pire. Mes parents parlaient un peu français, ils en avaient appris les rudiments au lycée et sauraient tenir une conversation avec lui. Je préparais Bouhel à la rencontre en lui disant que mes parents étaient des personnes accueillantes. Comme la plupart des Polonais, ils ne connaissaient du continent africain que ce qu'ils en voyaient à la télé. Bouhel n'avait pas l'air d'être plus inquiet que cela. Il en avait vu sur ce sujet des vertes et des pas mûres. Il semblait plus intéressé par la visite du château de Cracovie, des églises en Basse-Silésie et du camp d'Auschwitz-Birkenau. Avant notre rencontre, me disait-il, la Pologne se résumait pour lui à Lech Wałęsa, Solidarność, le pape Jean-Paul II et Witold Gombrowicz dont il aimait l'étrange *Ferdydurke*. Les aventures de Joseph Kowalski, cet adulte redevenu adolescent, l'avaient fasciné. Depuis, il s'était pris de passion pour l'histoire de la Pologne. Il me soumettait à un tel flux de questions que parfois j'étais obligé d'appeler Martha à l'aide. Maman était prof d'histoire et ce n'est que là que je compris l'intérêt de sa matière. L'histoire de la Pologne remontait à Mieszko Ier au xe siècle, elle était pleine de soubresauts. Le pays fut plusieurs fois occupé par ses puissants voisins, allemands et russes, et maintes fois démembré et remembré. La Seconde Guerre mondiale a débuté chez nous par l'occupation de l'Allemagne par la Pologne. Mon grand-père avait été soldat et s'était toujours souvenu de la contre-offensive héroïque qu'ils menèrent à Bzura.

Nous arrivâmes à Varsovie un jeudi. Il pleuvait. Igor était venu nous chercher à l'aéroport. Papa était chaleureux comme à son habitude. Martha avait préparé un *żurek* pour le déjeuner du vendredi et Vladimir était là. Il était en paix. Ses crises lui avaient laissé un peu de répit. La maison était décorée comme lors de mon enfance. J'étais heureuse de revenir à Varsovie et de retrouver la chaleur du foyer. J'avais dit à Martha de prévoir un bol de soupe sans lard fumé pour Bouhel. Il ne mangeait pas de porc. « C'est un sacrilège ! » avait-elle répondu. Un *żurek*, sans farine de seigle, sans œufs durs et surtout sans lard fumé, ce n'était pas un *żurek*. Elle consentit néanmoins à faire une entorse à la coutume pour notre hôte. Dans la portion de Bouhel, elle remplaça le lard fumé par de la dinde et un peu de hareng. Je ne voulais pour rien au monde rater la procession du *wielki piątek*, le vendredi saint, qui démarrait devant l'église Sainte-Anne à 20 heures. Des milliers de Polonais refaisaient les quatorze stations du chemin de croix et s'agenouillaient ensemble dans les rues à chaque station. J'avais rarement ressenti une telle communion.

Le printemps était déjà là et nous dînâmes sur le balcon de la petite maison. Martha n'arrêtait pas de faire des allers-retours entre la cuisine et le balcon. Mes parents regardaient Bouhel avec une bienveillance mêlée d'une curiosité qu'ils essayaient de dissimuler. L'ambiance était bon enfant. Bouhel d'habitude peu disert joua le jeu de la conversation. Il répondit aux questions anodines de Martha avec force détails. Igor s'entêtait à lui proposer de la vodka, espérant qu'il l'aurait à l'usure. Ici, la fraternité se nouait autour d'un alcool partagé. Bouhel déclinait patiemment chaque fois. Ce manège finit par le faire rire. Il promit qu'il en goûterait lors de son prochain séjour. Vladimir était mutique. C'était inhabituel. Il posait sur Bouhel un regard sombre.

Le pays sans fin

Le pays sans fin n'était pas un pays. Il n'avait pas de limites. Il habitait le vide infini du territoire mystérieux des rêves et les profondeurs de l'univers. C'était une contrée sans lieu. L'espace y était annihilé et le temps dilaté comme une nappe étalée sur une grande table. L'esprit des compagnons de Ngof y voguait, libre et sans entraves. Djidjack reprit son rôle de guide et initia Ngof à la découverte de ses nouveaux sens. Ngof pouvait désormais se déplacer à la vitesse de l'esprit. Il devait explorer cette puissance nouvelle. Dès qu'il avait un désir, et que l'intention en était assez forte, celui-ci se réalisait. Voulait-il se retrouver sur les hauteurs de Fa-Juc, dans la vallée de la Gambie, à Ségou chez les Bambaras, qu'il y était déjà. Tarana au-delà des flots n'était plus une contrée lointaine, à peine s'y était-il projeté en esprit qu'il y était, visitant la terre des Toromagen-Olmèques. Cette puissance était vertigineuse. Il avait déjà effectué des voyages nocturnes dans la peau d'un aigle entre Djilor et Fatick, au cours desquels il croisait les vents et les oiseaux, surplombait les toits des masures, rasait les cimes des arbres. Délesté de son corps pesant, il se sentait léger, mais rien de comparable à ce nouvel état. Il était devenu énergie-souffle-esprit. Djidjack lui apprit qu'il pouvait également voyager dans le passé des humains, rendre visite à Maïssa Waly au moment où celui-ci quittait le Gaabu, prince contesté et craignant pour sa vie, à la reine Abla Pokou traversant avec son peuple le fleuve Comoé, ou à Mansa Bakary II quand il s'élançait par le corridor nord sur les flots de l'Atlantique. Il pouvait également aller dans la grande-fosse du non-encore-advenu, où tous les événements qui étaient candidats à la survenue dans l'histoire des humains se bousculaient et attendaient qu'un souffle assez puissant les y projette. Celui-ci pouvait venir d'en bas, de la volonté des humains, mais aussi du pays sans fin. Dans cet abîme qui ressemblait à un caravansérail, patientaient calamités, vents mauvais, guerres, épidémies ; mais aussi naissances heureuses, hivernages pluvieux, soleils radieux...

C'est dans cette grande-fosse sans abîmes que Lassour Diayi, Djidjack, Siga Badial, Ngnima Faye et leurs compagnons de Xonokoulou intervenaient, quand ceux d'en bas avaient maintenu le lien, pour contenir les malheurs en leur ôtant l'énergie nécessaire à leur advenue. Sur terre, Ngof était un capteur d'énergie. Il savait se saisir des forces de la nature, les transformer et les mettre au service de la communauté. Ici au pays des Ancêtres, il en était devenu un émetteur. Un faisceau. Son souffle-esprit se confondait avec les énergies du cosmos qui le traversaient. Il savait désormais les faire circuler par les vents, les fonds marins, le soleil et les éléments. La tâche incombait au Yaal Xoox[1]

1. Littéralement, ceux qui ont une tête, ceux qui savent, qui possèdent un savoir ésotérique.

d'en bas de les transformer en forces positives, en influx vitaux, en semences fécondes pour les communautés et les individus. C'était la nouvelle charge de Fodé. Du pays sans fin, il l'aiderait.

La Vistule

Je me réveillai tôt ce matin-là. Nous étions le samedi de la semaine sainte. C'est le jour où les familles déposent à l'église, pour les faire bénir, les paniers des victuailles qui constitueront la *święconka,* le déjeuner du jour de Pâques. Charcuterie, beurre, figurine d'agneau et œufs colorés. Après que le prêtre les eut bénis, elles se recueillirent devant le tombeau reconstitué du Christ. Ulga avait voulu que je les accompagne. Les *pisanki* étaient une tradition en Pologne. Pour les anciens Slaves, ils étaient un symbole de fertilité. Cette tradition fut reprise par le christianisme, et les familles polonaises rivalisent de talent à Pâques pour décorer les œufs.

Nous avions dormi dans la chambre d'Ulga. Une telle configuration aurait été impossible chez moi. Ma mère aurait tenu à ce que ma fiancée et moi dormions dans des chambres séparées, tant que n'était pas scellée notre union par le mariage. Elle veillait au respect des usages et à la tradition. Le quartier longeait les berges de la Vistule. Il était arboré. Je retrouvai Igor au petit déjeuner qui me servit un café et des *paczki*, ces fameux beignets à la confiture de rose. J'avais dormi un peu affamé. Je n'aimais pas la soupe et je fis semblant la veille d'avaler le *żurek* qui m'avait été généreusement servi. Je me régalai de ce petit déjeuner. « Tu n'es pas obligé d'aller à l'église, tu sais, me lança Igor en me resservant du café. C'est beau tout ça, mais c'est un peu folklorique. On peut aller aux bords du fleuve, ou plutôt à la rivière. Je pêche les samedis matin. Je ne suis pas très religieux. C'est Martha qui est vraiment pratiquante. » J'acceptai l'invitation d'Igor. Il prépara sa canne à pêche et ses hameçons et nous nous mîmes en route. Sur le chemin, il me parla de la truite des rivières de Poméranie qu'il pêchait quand il était fonctionnaire des postes à Gdansk. Il avait écumé les lacs entre Varsovie et Poznań pour y pêcher du silure. Nous allâmes au bord d'une rivière qui se jetait dans la Vistule. La nature y était sauvage. Igor pêchait à la mouche. Au bout de la ligne, il mettait un leurre. La ligne n'était pas en acier comme celle que mon frère et moi utilisions pour pêcher le brochet sous le pont Noirot à Kaolack, elle semblait faite de soie. Igor qui me paraissait être un bon bougre s'était soudainement tu, comme si la pêche invitait au silence. Un voile de sérénité recouvrit son visage. Il me montra comment fixer la mouche à l'hameçon. Il y en avait des sèches pour imiter les insectes flottant en surface, et des noyées pour les larves du fond des rivières.

Igor avait prévu des bottes en caoutchouc et une combinaison qu'il me demanda de mettre. Il fallait entrer dans la rivière jusqu'aux genoux. Elle était marécageuse. Des pins de Lituanie et des chênes dressaient la tête dans le sous-bois. Des roseaux tapissaient le fond de l'eau. La canne était souple et le lancer d'Igor majestueux. Il me remit la canne, et me montra comment la fouetter pour poser la mouche au bout du bas de la ligne. La lever à 10 heures, accélérer et la bloquer à midi, pour que la soie soit tendue derrière avant de repartir vers l'avant. Je tentai quelques lancers peu concluants. Sagement, je lui rendis la ligne.

Nous écoutions le bruit de la rivière et guettions le frémissement de la ligne. « On verra si aujourd'hui le poisson est plus intelligent que moi », lâcha Igor, après un long silence. La pêche fut bonne. Plusieurs fois la ligne se tendit, des truites et des ombres se laissèrent leurrer. À ma grande surprise, Igor décrochait l'hameçon de la mâchoire des poissons et les relâchait dans la rivière. Étrange, je croyais que les poissons serviraient au repas du soir. Mon frère et moi en aurions fait une bonne *pépé-soupe* avec de l'ail, du poivre et du piment. Sur le chemin du retour, le silence de la rivière nous habitait encore. Igor le brisa. « Tu verras, ce pays est un paradis pour les pêcheurs à la ligne. On y pêche de la truite, de l'ombre, des silures qui pèsent des kilos. Quand tu reviendras on ira sur les fleuves qui se jettent dans la mer Baltique, on y trouve des truites de mer. »

Good bye, Warsaw!

Lorsque nous revînmes de la pêche, Martha et Ulga se préparaient à aller à la *wielkanoc*[1]. Elles étaient élégantes. Leur ressemblance me frappa. Chemisier blanc et pantalon noir pour Martha. Une fleur à la boutonnière atténuait l'austérité de la tenue. Ulga était légèrement maquillée. C'était rare. Elle portait un tailleur ajusté au corps qui lui allait à merveille. Ulga était svelte, ses beaux cheveux noirs lui caressaient les épaules. J'eus une douce pensée. La veillée pascale allait durer un peu. Notre repas était servi dans la cuisine et nous étions invités à nous y rendre quand nous aurions faim. Martha insista pour que nous ne touchions pas les plats réservés pour le déjeuner du dimanche. Igor et moi passâmes une partie de la soirée sur le balcon. Vladimir était resté dans sa chambre. Igor tenta d'aller le chercher. Sa mine contrariée me fit comprendre qu'il n'avait pas réussi. La nuit était fraîche et silencieuse. Je lui racontai les séances de pêche au filet avec mon frère et mon oncle Abdou dans les rias salées du Saloum. Nous partions la nuit, quand la lune était aux trois quarts de son chemin et que l'étoile du

1. Messe du samedi soir.

berger était encore visible. Nous jetions le filet maillant lesté par du plomb. Il s'étalait au fond des eaux et nous attendions. Igor écoutait. Sa cigarette rougeoyait dans la nuit. Nous bavardâmes tard. Ulga et Martha nous avaient trouvés sur le balcon à leur retour et nous avaient rejoints. Nous devions rentrer le dimanche après-midi, juste après le repas de Pâques. Martha insista pour que nous restions jusqu'au lundi et que nous assistions au *lany poniedzyalek*, le « lundi mouillé ». Le *śmigus-dyngus* est un jour où les règles de bienséance sont suspendues. Les gens s'arrosent dans la rue, avec des verres, des pistolets en plastique ou même des seaux d'eau. J'avais un TD le lundi et je regardai Ulga, espérant qu'elle vienne à mon secours. Son regard implorant et la douce insistance de Martha me firent céder.

*

La *święconka* fut fastueuse. Porc farci aux pommes de terre, viandes assaisonnées de sauces froides, œufs farcis, brioche de pain au levain et cheese-cake aux fruits confits en dessert. Je me rabattis sur l'agneau. Ce qui rendait ce repas mémorable, c'était la générosité de nos hôtes. Martha et Igor veillaient à ce que nous ne manquions de rien, nos assiettes sitôt vides étaient resservies. Il y a une saveur dans la table conviviale qui ne vient pas du repas, mais du désir de partage. En mangeant ensemble, on intériorise quelque chose de la présence de l'autre. La manière de servir le repas, les mots qui l'accompagnent en constituent le goût véritable. Martha me fit penser à Na Adama.

Le lundi, j'évitai le *śmigus-dyngus*. Ulga et moi nous nous promenâmes dans les rues de Varsovie. Nous remontâmes l'avenue du Nouveau-Monde et arrivâmes sur Jerozolimskie où trônait une statue de De Gaulle. Le Général s'était battu armes à la main aux côtés des Polonais lors de la guerre d'indépendance contre les Russes. La promenade se termina au parc Lazienki devant la statue de Chopin. Nous nous assîmes sur un banc devant le plan d'eau où se reflétait le visage du compositeur polonais. Ulga sortit de son sac des *mażurek*, ces tartes garnies de chocolat aux fruits secs que les Polonais adorent. Cette ville était belle. Nous étions heureux. Varsovie valait bien une Pâque.

L'Atelier

Fodé arriva à la maison. Sindia était une petite bourgade paisible à une demi-heure de Mbour. Les loyers n'y étaient pas chers. Marème et lui avaient pu y louer une maison avec assez d'espace pour que Fodé y aménage son atelier de menuiserie. Marème l'attendait sur le pas de la porte. Enterrer Ngof avait dû être éprouvant pour son mari. Elle savait l'amour que Fodé portait à ce vieil homme.

— Comment ça s'est passé, chéri ?

— Il est parti rejoindre les ancêtres. Toute la communauté était présente.

— Ngof va nous manquer, mais tu sais qu'il n'est pas parti ?

— Oui, mais un peu quand même. Je ne l'entendrai plus me dire : « *Fodé, I xoox léwo dara réfé ten*[1] *!* »

Marème lui prit la main et le fit asseoir. Fodé était affecté mais essayait de faire bonne figure. Chez lui, les hommes ne pleuraient pas les morts. Ils devaient rester maître d'eux-mêmes en toutes circonstances. Tout en gardant sa main dans la sienne, Marème évita d'être trop maternelle.

1. « Dans ta tête, il n'y a rien du tout » (ta tête est vide).

— Fodé, tu sais que le moment est arrivé. Tu seras le Kumax du prochain Ndut. Tu veilleras sur tous les jeunes circoncis de la région. Mon Fodé est devenu le Yaal Xoox du Hiréna. Nous n'aurons plus assez de place pour accueillir tous ceux qui viendront te consulter. Il faudra déménager l'atelier et mettre des nattes et des bancs dans la cour. Je trouverai un bureau à Mbour pour y travailler. Ma nièce Binta viendra nous aider à tenir la maison. J'ai déjà parlé à sa mère.

— Sokhna Marème, tu prévois toujours tout. On fera ainsi. C'est parfait.

Fodé leva les yeux sur Marème, elle lui tenait toujours la main. Il remercia Roog de l'avoir mise sur son chemin. Il se rappela le jour où il l'avait vue pour la première fois. Elle était venue à son atelier commander un bureau et une petite bibliothèque pour ranger ses livres. Fodé avait l'habitude de faire des lits, des tables, des bancs et des chaises, parfois des ustensiles de cuisine. Il n'avait jamais fabriqué de bibliothèque. Marème savait précisément ce qu'elle voulait. Elle avait apporté un catalogue et lui montra le modèle qu'elle avait choisi. La taille et la profondeur des rangées devaient être différentes. C'était un nouveau défi technique que Fodé décida de relever. À la livraison, Marème fut satisfaite et promit de faire confectionner ses meubles chez lui. Elle était consultante pour une ONG qui s'occupait de développement local et qui venait de s'installer dans la région. Fodé commença à attendre avec impatience les visites de Marème et ses nouvelles commandes. Il lui livrait les meubles à temps.

Marème appréciait cette ponctualité et le soin qu'il apportait aux finitions. Fodé proposa à Marème d'emprunter une fourgonnette et de lui transporter les meubles chez elle. Il l'aidait à les installer, parfois rabotait quelques coins de table et pieds de lit pour mieux les encastrer. Il comprit qu'elle vivait seule. Au début, quand son cœur s'emballait à l'idée de sa venue, il se disait qu'une intellectuelle comme elle ne voudrait jamais d'un menuisier. Il n'osait y croire. Au fil du temps, Marème passait plus souvent à l'atelier, parfois juste pour bavarder. Elle y restait de plus en plus longtemps. Elle lui apportait parfois des fruits et lui suggérait de meilleurs aménagements de l'espace. Un jour, elle lui proposa un système pour recycler les copeaux qu'il jetait à la décharge. Marème était vivante et espiègle. Elle avait toujours un bon mot pour faire sourire.

Songes

Ce rêve était devenu récurrent. Il m'avait laissé un peu de répit les premiers mois de mon installation dans ce pays. Ces dernières semaines, alors que je me sentais apaisé, étrangement il était venu habiter à nouveau mes nuits. J'avais visité la plupart des villes de ce pays durant mes après-midi libres. Rien n'était vraiment éloigné dans cette contrée de lacs et de montagnes. Deux heures de trajet, c'était un périple. Je pensais au *pays*. Je n'y avais plus mis les pieds depuis le décès de Na Adama. Le sol s'était soudainement dérobé sous mes pieds. Na Adama était mon socle. Durant des mois, j'avais erré, inconsistant et fantomatique comme une coque vide d'arachide. Plus de rampe où me tenir pour gravir les marches de l'existence, plus de feuillage ombrageux sous lequel me poser les jours de canicule. Il ne me restait plus que mon frère. Je n'avais jamais été trop famille élargie. Mon frère l'était. Il rendait visite aux oncles, tantes et cousines, connaissait la nature des liens, les noms des ancêtres communs par lesquels nos arbres généalogiques se croisaient. Lors des visites familiales, à peine commençait-on à nous démêler l'enchevêtrement des liens, à nous expliquer ce qui nous unissait, ce qui faisait de nous une parentèle, que je décrochais. *O Foogolé*, cette parenté imposée par la biologie et l'histoire, cette fraternité de clan, parfois close sur elle-même, me parlait peu. Fodé et moi étions proches. Après le bac, il avait choisi de faire une formation en menuiserie et de rester au pays. « Nous ne pouvons pas partir tous les deux, qui s'occuperait de Na ? » m'avait-il dit sur le ton de l'évidence. Il ne vivait pas cette décision comme un sacrifice. Je l'avais surnommé l'escargot. Mon frère n'avait aucun goût pour l'ailleurs. Il voyageait en profondeur et creusait son sillon. Il pouvait sans cesse parcourir le même territoire, encore et encore, et cela lui convenait. Il connaissait parfaitement le pays sérère jusqu'à la frontière gambienne. Il s'étonnait que je ne sache pas aller dans les îles du Gandûn par Ndangane, où que je ne connaisse pas tel village du Loog. Pourtant, lui et moi avions bourlingué dans le *pays* au gré des affectations de Na Adama. Fodé en avait retiré un goût pour la sédentarité, il voulait habiter et vivre dans cette région qui allait de Sindia à Kaarang. Quant à moi, j'avais déjà voyagé aux quatre coins du monde, couché dans mon lit, assis à l'angle de la véranda ou sur un banc en attendant le début des cours au collège. Les atlas, les livres d'histoire, les romans me firent découvrir les domaines les plus étranges. J'avais plusieurs fois fait le tour du monde et je trépignais à l'idée de me retrouver physiquement dans des lieux qu'avaient déjà visités mes songes et qui avaient nourri mon imaginaire. Ces endroits, je les avais souvent remodelés. Je me rendais compte que même une fois sur place, l'image que j'avais construite de ces lieux se superposait à leur réalité. Ce rêve s'imprimait au fond de ma rétine et il m'arrivait de douter aux premiers moments du réveil, ce temps où l'on émerge doucement du pays des songes et où l'on ne sait plus si les événements que l'on a intensément vécus appartenaient au rêve ou à la réalité. Tout cela s'était-il réellement passé? Après le réveil, il me fallait quelques minutes pour me rendre compte que c'était un rêve. Qu'Ulga n'était pas là à mes côtés et que c'était son fantôme qui me visitait.

Je décidai de retourner au monastère du Marmyal. J'avais un congé d'une semaine et je pouvais y passer quelques jours. Je devais laisser les choses remonter des profondeurs de ma psyché et se faire jour. Si je voulais m'en libérer, il fallait que je les mette là, devant moi. Le cloître était une galerie ouverte sur le ciel avec un jardin intérieur que rafraîchissait une fontaine. Il était paisible. Une douce lumière s'y diffusait. Les moines s'y promenaient parfois entre les offices, s'y rencontraient, parlaient ou y lisaient assis sur les bancs en pierre. Tous les autres lieux du monastère excepté la salle capitulaire étaient soumis au silence. Les frères m'accueillirent à nouveau, toujours avec la même gentillesse. On m'installa dans ma cellule et on m'indiqua les heures de repas. Cette fois, ils se prendraient avec la communauté dans le réfectoire. Le frère qui m'avait accueilli lors de mon premier séjour me reconnut. Tout en restant courtois et à bonne distance, quelque chose chez lui m'invitait au dialogue, peut-être à la connivence. Un regard plus intensément appuyé, l'esquisse d'un sourire. J'emportai avec moi le manuscrit sur lequel je travaillais, peut-être aurais-je l'espace mental nécessaire pour m'y consacrer. Étudiant, j'avais publié un roman qui avait rencontré un certain succès auprès de la critique. Certains avaient vu en moi la révélation de la nouvelle génération, d'autres plus emphatiques, *le futur meilleur écrivain de sa génération*. Je connaissais assez l'histoire de la littérature pour ne pas me laisser griser par ces prédictions d'un gotha littéraire féru de nouveauté, qui à chaque rentrée découvrait le nouveau génie, pour vite le remplacer par le vin frais du mois suivant. Ce que j'en avais retenu, c'est que j'étais légitime à écrire. Je ne me fourvoyais pas en pensant que j'avais un chemin à parcourir dans la littérature. Je me mis aussitôt à l'écriture de mon deuxième livre. Celui-ci n'avançait pas. Depuis l'abîme, je n'arrivais plus à aligner deux phrases qui fassent sens.

La paix du Marmyal

Ma cellule était austère. Un lit, une table, un placard, un coin douche. Je m'allongeai sur le lit et laissai mes pensées vaquer à leur guise. Je décidai de faire l'expérience de moments sans désir, ni volonté, où le temps n'était ordonné par aucune tâche à accomplir ni aucun objectif à atteindre, même pas celui de trouver la paix. Juste être là. Sans but, ni esprit de profit. Sans les concepts qui sont censés saisir cet état, s'en délester. Ni wu-wei, ni shikantaza, ni méditation en pleine conscience. Laisser l'esprit dans son état ordinaire et se défaire de la conscience que l'on a de le laisser ainsi. Le temps passa, habité par un flux discontinu de pensées, de sensations, d'états. Je restai allongé, tantôt éveillé, tantôt dans un état de demi-sommeil, flottant, avec comme seul ancrage mon souffle. Le repas de la mi-journée se prit au réfectoire. Les moines firent la queue, se servirent au buffet, avant de rejoindre la grande table rectangulaire. La nourriture était saine et frugale. Abbé Jean fit la prière et tout le monde mangea en silence. Le repas était un moment de recueillement. Après le déjeuner, je pris un livre et m'assis dans le jardin du cloître. Je vis le frère qui m'avait accueilli marcher aux abords de la fontaine. Il me reconnut et vint vers moi.

— Notre monastère n'est pas trop austère ?

— Il est paisible et c'est ce que je viens y chercher. Ce jardin est magnifique.

— Je me nomme frère Tim, c'est moi qui m'occupe des demandes de séjour des laïcs et leur réserve des cellules, quand elles sont disponibles. Ton prénom m'a intrigué, il est inhabituel.

— Ma mère, qui nous a quittés, l'a inventé. Elle voulait des prénoms singuliers pour ses jumeaux. Pour mon frère, elle a dû négocier, mais pour moi elle a décidé.

Frère Tim se tut un moment. Il était grand et mince. Il semblait flotter dans sa coule noire. Une lueur passa dans son regard, comme si un souvenir l'avait visité. Il renchérit :

— Il est beau, ce prénom. Elle a dû le choisir avec soin. Bou-Hel, c'est comme ça qu'il se prononce ?

— Oui, parfaitement.

— À quoi occupes-tu ton temps dans la vie civile, Bouhel ?

— Je travaille dans un restaurant à mi-temps et j'écris. Je travaille sur un roman.

— De quoi parle ce roman, si ce n'est pas trop indiscret ?

— De quelqu'un qui cherche à recommencer sa vie.

— Recommencer la vie ? Hum, c'est ce que nous faisons ici tous les jours, je crois.

— Vous y parvenez ?

Frère Tim sourit et haussa les épaules.

— On s'y emploie. Et chaque nouveau jour nous offre la

grâce de pouvoir continuer à cheminer. Tu as écrit d'autres livres ? je serais intéressé de te lire.

— Je te passerai mon premier roman, j'ai un exemplaire dans mes affaires. Il y est question de quête. Bon, tu verras…

Hortus conclusus

J'avais remis mon livre à frère Tim lors d'une promenade dans le jardin. Il l'avait reçu avec beaucoup de gratitude et avait promis de le lire après les matines. Je passais mes journées entre ma cellule, le jardin du cloître, et la bibliothèque. Nous avions le droit d'accéder à ces espaces tant que nous respections la règle du silence et ne perturbions pas la quiétude des lieux. Nous ne participions pas aux offices. La vie des moines était rythmée par la prière, les travaux manuels et la *lectio divina*. La journée commençait à la huitième heure de la nuit avec les vigiles nocturnes, puis au lever du jour venaient les laudes, et le soir les vêpres. C'étaient les trois grands offices. Les primes, les tierces, les sextes et les nones étaient des prières plus courtes qui s'intercalaient dans la journée et que l'on pouvait réciter pendant le travail. Les complies clôturaient le cycle des huit offices quotidiens. On y lisait en commun les psaumes 4 et 90 avant d'aller se coucher. Ces psaumes étaient liés au mystère pascal. Au seuil de la nuit, ils méditaient le passage de la mort à la vie, l'abandon et la confiance. Nul n'avait plus droit à la parole après. Saint Benoît, dans sa règle, avait tenu à ce que les moines ne préfèrent rien à l'*Opus Dei*, l'œuvre de Dieu, à laquelle ils devaient se consacrer entièrement. Il recommanda aussi qu'ils vivent du travail de leurs mains, cela les accomplissait comme moines. Dans l'abbatiale, dès l'aube s'élevaient les chants liturgiques. Les laudes étaient des louanges du lever du soleil. Les moines y rendaient grâce à Dieu pour le jour qui se lève. Leurs chants s'élançaient avec allégresse vers le ciel. Ce doux murmure me réveillait. Je compris plus tard que le premier office, destiné à sanctifier le temps de la nuit, avait eu lieu vers 2 heures du matin, au milieu de mon sommeil. L'avènement du christianisme avait changé le rapport au temps. Celui des païens était cyclique. Les fêtes et les sacrifices recommençaient inlassablement les mêmes événements primordiaux, au sein d'un univers qui se répétait et qui était éternel. Avec le Christ, la fin du monde devint imminente. Elle mettait un terme au temps profane et le monde devint susceptible de finir un jour. La Cité des Hommes laisserait la place à la Cité de Dieu. Comment dès lors aimer un monde voué à disparaître ? Des hommes fuirent dans les déserts et se consacrèrent à cette désaffection. Dans les monastères, l'un des quatre murs du cloître symbolisait le refus du monde. On venait y vivre seul ou en communauté pour s'y adonner à la contemplation. On s'y rapprochait ainsi de Dieu et vivait dans son intimité ; ce qui équivalait à un retour au Paradis. Tout ici évoquait le jardin d'Éden. Le cloître, son jardin intérieur, sa fontaine ouverte sur le ciel. Je passai une semaine entière au monastère. Je m'habituai peu à peu à son rythme.

Lors de nos rencontres qui étaient devenues fréquentes, frère Tim m'avait initié à la compréhension de la symbolique des lieux et aux mystères de la vocation. Celle-ci m'attirait. Comme si le souffle du cloître réveillait un vieux désir enfoui en moi. Frère Tim et moi, nous nous éloignions parfois dans le locutoire pour converser plus longuement. Je lui demandai si l'intimité de Dieu requérait la vie monacale. Frère Tim répondit par la négative. Maître Eckhart, le mystique rhénan du XIIIe siècle, avait indiqué qu'une vie spirituelle authentique pouvait être affranchie de toutes les règles monacales, et Sohrawardi, le mystique persan, ne ressentait la présence de Dieu qu'au milieu des marchés d'Alep. Je lui demandai s'il n'était pas trop facile de se retirer du monde, de ses contingences et de ses tentations pour vivre dans la proximité de Dieu. N'était-ce pas une fuite ? Tim répondit avec cette bienveillance constante qui le caractérisait que c'était un choix et un engagement. Dieu avait créé la vie, mais celle-ci retournait au néant. Nous avions oublié qu'elle nous était redonnée tous les matins. Ici, avait-il ajouté, nous prions pour le monde, et les prières le rendent à la vie.

— J'ai le sentiment que ton intérêt pour l'histoire du monastère va au-delà d'une simple curiosité. Serais-tu tenté par la vie monacale ? ajouta-t-il soudainement.

— Oui, j'y pense. J'aimerais enfin consacrer ma vie au beau et au juste. La vie ici semble si paisible et si claire. On sait à quoi l'on consacre son temps. Le chemin est tracé. Il suffirait de le suivre…

Tim se tut. Il réfléchit longuement, comme s'il reprenait son souffle.

— Bouhel, le retrait des hommes auquel tu aspires n'est au fond que temporaire. Il est nécessaire pour méditer et prendre du recul. Ici, nous nous retirons certes des hommes, mais nous les retrouvons. Rien de ce qui fait les communautés humaines ne nous est étranger. Fraternité, sororité, certes ; mais aussi intrigues, ambitions et cabales.

Sous la paix de nos cloîtres se mènent parfois des luttes féroces ; pour désigner le nouvel abbé, occuper des responsabilités, préserver quelques petites distinctions… La salle des chapitres dans laquelle nous nous retrouvons pour délibérer de nos affaires n'a parfois rien à envier à un turbulent hémicycle. La seule différence est que nous en sommes conscients et que nous œuvrons à plus de clarté en nous-mêmes. Tu es un écrivain. Tu fais œuvre de laisser une trace sensible. La description des complexités de l'âme humaine que tu fais dans le livre que tu m'as offert, et les chemins des quêtes que tu y dessines, ce n'est pas en te cloîtrant dans un monastère que tu le pourras. Il te sera possible pendant un temps, dans la paix d'une solitude, d'exhumer toutes les expériences que tu as accumulées, d'en faire ton miel et les transformer en romans, poèmes ou essais. Mais loin de tes semblables, la sève se tarira. Le sarment coupé de la vigne se dessèche. Les hommes sont ta vigne et toi, tu es un sarment. À chacun son rôle. Pour certains, c'est d'habiter la vallée des ombres. Pour d'autres, c'est d'être là où la vie palpite. Le nôtre est de méditer, d'élargir la conscience et de soutenir les aspirants sur la voie. Je serais heureux de t'avoir comme frère. Tu es une personne de bien. Mais ton chemin, il me semble, est de témoigner de notre passage sur terre. Pour cela, tu dois vivre parmi les humains. Habiter leurs tourments et leurs élans, partager l'expérience commune. Aimer, lutter, perdre, gagner, espérer, se lasser, et écrire tout ceci.

Je me tus. Ces mots de frère Tim résonnèrent en moi. Je me fis la promesse de revenir à Marmyal, dans ce lieu où j'étais venu chercher le silence, mais cette fois-ci pour y continuer la conversation.

Katamague

Le septième jour du décès de Ngof arriva. Tonton Pierre avait appelé Fodé afin qu'il vienne à Djilor y rencontrer les anciens pour les préparatifs de Ndut. Fodé avait demandé qu'on lui accorde un peu de temps pour se préparer. Le Ndut ne se ferait pas avant les récoltes. Son âme était préoccupée par le rendez-vous avec l'esprit de Ngof à Katamague. Celui-ci devait lui transvaser le reste de l'outre. Il n'était jamais sorti de son corps. Ngof lui avait enseigné le procédé de la décorporation. Il lui en avait méticuleusement indiqué les différentes étapes. Fodé allait l'expérimenter pour la première fois. Sans la présence de Ngof. Et s'il se trompait et qu'il restait coincé sous la forme d'un souffle ou d'un oiseau ? Il avait le sentiment de devoir pour la première fois nager en pleine mer, sans bouée. Il ferait l'expérience de s'échapper de son corps et d'épouser une autre forme. C'était à la fois effrayant et extraordinaire. Il savait au fond de lui qu'il fallait que le maître s'absente, pour que l'ultime enseignement s'accomplisse. Quand arrive le moment, le Kaabunké monte au front sans ciller, disait le chant populaire. Fodé se mit résolument en route.

Le soleil s'était levé tôt ce jour-là. Sur le chemin, Fodé regarda ce pays qu'il aimait tant. Il s'attacha aux détails. La morgue de ce charretier à l'entrée de Mbour. Vers Loul Séssène, la cadence de ces femmes revenant des puits, les gouttelettes d'eau qui suintaient des bassines qu'elles portaient en équilibre. Il arriva à Djilor, prit une pirogue et traversa le bras de mer. Katamague était une bande de terre herbacée où se dressaient quelques rôniers. Elle s'était détachée de Simal et flottait dans les eaux. Les bruits de la nature y avaient une telle intensité. Fodé repéra le rônier des Fédior. Ngof était enterré tout près. L'arbre où il lui avait donné rendez-vous était à une centaine de mètres et faisait face à la berge. Le flux de la marée recouvrait sa base. Fodé sortit de son sac l'outre cousue sur les côtés et celle qui contenait l'eau du puits de Simal. Ngof lui avait remis une décoction qu'il devait ingurgiter pour dissoudre son corps. Fodé choisit une branche pas trop haute où il accrocha sa tunique. Il fit les libations dans l'ordre indiqué, récita la prière de l'autruche, ferma les yeux et but la mixture. Il se sentit comme violemment décroché du mât d'une pirogue et délesté d'un immense poids. Son esprit se retrouva sur la cime de l'arbre, au milieu d'un petit tourbillon. Où était Ngof? Fodé attendit. Il vit un colibri sur la branche d'à côté poussant avec son bec de minuscules graines. Elles ressemblaient aux pépins d'un fruit qu'il ne connaissait pas. Ceux-ci tombaient à côté de l'outre cousue qu'il avait posée près du tronc du rônier, du côté épargné par la marée. Soudain, la voix de Ngof fusa.

— *Nafio O koor-ohé Fodé*[1] ?

1. « Comment vas-tu, homme Fodé ? »

— *Mi hé men, O koor-ohé Ngof. Na Jaaniw*[1] ?

— *In wé na jam. Djidjack Fa Ngnima Faye wé simnam*[2] ! Fodé, les graines que le colibri pousse de son bec, tu devras les conserver précieusement. Lorsqu'il faudra maintenir le corps d'un Cuul[3] en vie après qu'il sera mort, ou que vous l'aurez tué pour de bonnes raisons, jusqu'aux cérémonies de sortie du Ndut, tu déposeras deux de ces graines avec une touffe de cheveux et son lengué[4] sur la cime d'un rônier ou d'un Mbadaat. Les graines viennent d'un arbre sacré que les ancêtres avaient planté dans la vallée du Nil. Il ne donne fruit que tous les sept ans à la fin des premières pluies. Il faut un Yaal Xoox pour les cueillir et en extraire les graines. Les anciens les conservent depuis le temps de l'exil vers l'ouest, depuis la Nubie, depuis la marche de Dhu al-Qarnayn vers l'Orient, depuis Koumbi Saleh, depuis Niani, depuis Tekaarir. Tous les sept ans, ils les renouvellent. N'oublie pas de tracer dans le sol le Yoonir pour protéger les nouveaux circoncis.

— Je n'oublierai pas, *O koor ohé Ngof, Roog a fiya ngan*[5].

La voix de Ngof se tut. Fodé se sentit seul pendant un court moment. Il se rendit compte que Ngof était encore là. Il ressentait sa présence. Il n'était pas encore reparti à Jaanif. Certainement veillait-il à ce qu'il réintègre son corps sans accrocs.

1. « Je vais bien, homme Ngof. Comment allez-vous à Jaanif ? »
2. « Nous sommes en paix. Djidjack et Ngnima Faye te saluent ! »
3. Un circoncis qui participe à l'initiation.
4. Bout de bois que tiennent les Selbés et les Juul.
5. « Homme Ngof, si Roog le veut. »

Karol Wojtyła

Nous étions rentrés de Varsovie légers. La rencontre avait eu lieu. Nos appréhensions étaient dissipées. Les cours avaient repris de plus belle. La préparation des partiels nous avait happés. Les Magnolias étaient calmes et nous avions passé la semaine du retour à bûcher. Rattraper les cours ratés durant le semestre, refaire les fiches de TD, nous exercer sur les épreuves des examens des années passées, anticiper les sujets possibles. Bouhel et moi étions des étudiants étrangers. Le renouvellement de notre carte de séjour était conditionné à la réussite de nos diplômes, et ce n'était qu'une étape d'un âpre parcours du combattant. Ce pays nous avait acceptés dans ses universités mais ne nous accueillait pas. Chacun travaillait sur son bureau et nous nous relayions pour les tâches ménagères et la cuisine. Bouhel m'initiait aux saveurs *du pays*, je lui faisais découvrir la riche gastronomie polonaise et slave. Abbas était passé nous voir et pendant une heure, nous avions pensé à autre chose. Il nous parlait avec ses grands gestes de sa musique, de l'évolution du groupe qui connaissait un succès grandissant, de leur programmation au festival de jazz au parc Pasteur. Ils avaient décidé, pour être fin prêts, de désormais répéter trois fois par semaine au 288.

J'avais pu passer quelques heures en tête à tête avec Vladimir, le jour de la *świękonca*. Igor et Bouhel étaient partis pêcher dans les rivières aux abords de la Vistule. Vladimir était sorti de son mutisme. Il m'avait raconté son monde merveilleux et halluciné. « Qui est ce type ? » m'avait-il lancé au milieu de l'un de ses récits que j'écoutais avec ferveur depuis toujours. Je les prenais au sérieux, les histoires de Vladimir. Il se sentait compris et cela nous avait rapprochés. Je l'écoutais religieusement, commentais ses propos et rebondissais. Je ne lui laissais pas deviner ma surprise, même quand son histoire me déroutait, et jamais je ne relevais les failles logiques qui parfois se glissaient dans son raisonnement.

Je rentrais dans son monde. Celui-ci avait ses étranges lois parfois, mais je m'en accommodais. Je lui avais dit que Bouhel était un chouette type. Me voulait-il du bien ? avait-il renchéri.

— Bien évidemment. Serais-tu jaloux, Vlad ? Tu es mon frère tu sais, je t'aimerai toujours.

Il me demanda si je comptais partir pour un pays lointain et ne plus revenir à Varsovie. Ce n'était pas à l'ordre du jour, avais-je répondu. Sa nouvelle idée était d'aller voir Karol Wojtyła, qui selon lui n'était pas mort, mais reclus au Vatican dans un appartement, le convaincre de rentrer à Cracovie et d'y reprendre sa paroisse.

— Comment comptes-tu le convaincre, Vladimir ?

— Je lui expliquerai que le monde a besoin de lui. Que celui-ci a perdu le cœur et la raison et qu'il doit rentrer nous aider à le redresser. Le Christ a aimé les hommes et s'est sacrifié pour eux, mais n'a pas réussi à sauver l'humanité. Elle va à sa perte. Karol, lui, réussira, là où le Christ a échoué.

J'étais perplexe.

— Et comment Karol va-t-il s'y prendre, Vlad, pour aider l'humanité ?

— Il lui redonnera son souffle, avait-il lâché dans un rire sonore.

Tous les matins du monde

Se lever est toujours un commencement. J'avais choisi l'exil dans ce pays pour repartir dans la vie. Tenter de mieux jouer la partie et enfin habiter ce rêve. Ma fenêtre donnait sur l'avenue Louis-Casaï. Elle découpait une montagne derrière laquelle montait tous les matins la lumière du jour. Inexorable. J'avais le sentiment d'être à un endroit qui me permettait de boucler l'anneau. Le cloître du Marmyal m'apparut comme un promontoire d'où je pouvais accueillir l'aube à nouveau et témoigner du *recommencement* des choses. Ma semaine à Marmyal m'avait réhabitué à me lever aux aurores. Voir poindre le jour. Me réchauffer sous son soleil. Renaître avec lui. Confier à la nuit les tourments de la veille. M'emplir les poumons de l'oxygène du jour. J'avais cru que recommencer la vie signifiait me guérir de mes blessures, taire mes tourments, congédier mes espoirs, me délester de mes fardeaux, faire peau et âme neuves. Me placer de *l'autre côté du désastre*. Ce désir m'avait mis en route et jeté sur les chemins. Je m'étais levé ce matin-là avec l'air obsédant de *Galu Nobéél* en tête. Je le fredonnai sous la douche et en faisant le ménage. La chanson disait :

La pirogue de l'amour est arrivée.
Pagayons et ne dérapons pas.
Tanguer et atterrir sur une balançoire.
Que le fil soit tendu et qu'il ne rompe pas.

Mes cordelettes, celles qui me maintenaient en équilibre, s'étaient rompues. Brutalement. La pirogue de l'amour avait échoué sur une banquise. Na Adama était décédée d'une soudaine crise cardiaque, nous laissant Fodé et moi orphelins. Des amarres invisibles nous retiennent à la vie. Parfois elles sont assez lâches pour nous laisser tanguer, sans dériver. Parfois, assez résistantes pour nous empêcher d'échouer sur les récifs. Nous partons à l'assaut des flots et des terres sachant que nous avons un *dos*, un refuge, un tronc où nous adosser, un lieu de retraite, un bivouac pour reprendre force et foi.

Quelques téméraires s'élancent seuls et consentent à l'expérience de l'absolue solitude. Na Adama était notre *dos* et notre tronc. Parfois rugueux comme un épineux du Sahel, mais toujours ferme et solide. Fodé m'avait écrit, et en voyant son courrier déposé ce matin-là dans ma boîte aux lettres, je compris qu'il me disait que je n'étais pas seul. Qu'il veillait de loin, qu'il était le gardien de son frère. Je ne l'ouvris pas tout de suite. Je le posai sur la table en préparant le café, comme un cadeau dont on retarde l'ouverture, tempérant mon excitation. J'étais heureux par anticipation, certain que ses mots étaient une livrée de bienveillance, de bonté et de lucidité. Lorsque le drame arriva, Fodé m'avait aidé à porter ma culpabilité. À ne pas sombrer avec. À l'éclairer et à l'apprivoiser. Quand nous étions enfants, Na Adama refusait, comme il était d'usage pour les jumeaux, que nous portions des vêtements identiques. Elle tenait à nous distinguer. Nous nous ressemblions assez physiquement, disait-elle, pour qu'en plus nous soyons habillés de la même façon. Dans la tradition du *pays,* bien qu'étant jumeaux, Fodé était mon grand frère. Il m'avait laissé arriver en premier et était sorti après. Il m'avait cédé le chemin. Le Ndut de Djilor se préparait et Fodé sollicitait mes prières de païen. Il me disait dans sa lettre que, malgré mon impiété, j'étais celui dont les prières seraient exaucées et cela il l'acceptait. Il ne me le ferait pas payer comme Caïn le fit pour Abel. J'avais été sourd à l'appel des ancêtres et à ceux des cavaliers venus d'Orient, et même si j'avais tenu à demeurer le disciple de ma propre compréhension des choses, l'Esprit m'habitait, disait-il. C'était l'une des ruses de mon frère. Me convaincre que je n'étais pas définitivement perdu, quels que soient les détours que je prenais, qu'au bout de l'errance, une paix me hélait.

J'avais entrepris de me connaître par des voies inconnues, mais elles ne me terrifiaient pas. Les sagesses et les initiations m'avaient toujours laissé un peu circonspect, parfois suspicieux. Même si un chemin emprunté par d'autres pendant des siècles peut aider le gravissant, lui éviter des écueils connus et éprouvés, je me demandais ce que valait une sagesse qui n'émanait pas de son être profond ; qui était parfois guidée par la peur de la mort, de l'abandon ou des châtiments et scellée par l'autorité des sages et des prophètes. Écrire fut une ascèse qui me permettait d'y voir clair. D'entreprendre la lucidité et d'habiter ma condition incertaine. Écrire me permit de sortir mon expérience existentielle de sa solitude et de la mettre en partage. Je n'avais jamais autant médité sur le monde et sur moi-même qu'en écrivant mon premier roman. L'écriture ne suffisait plus cette fois-ci. D'ailleurs, elle se refusait à moi. La voie était obstruée. Je n'arrivais plus à la désencombrer. Peut-être était-il temps de sortir de ce face-à-face avec mes visages, et de laisser d'autres forces entrer en jeu. Je compris que l'on ne se guérissait pas tout seul ; que la rémission de l'âme n'était pas que le résultat d'une volonté propre et d'une action consciente. Quelque chose nous était donné. Il fallait l'accepter. La main nous était tendue. Aux margelles du puits, on vous aide à soulever la bassine d'eau et à la mettre sur votre tête. Vous la portez seul durant le chemin. Arrivé, on vous aide à la descendre et à déposer la charge. Fodé tiendrait l'une des anses et frère Tim pourrait tenir l'autre.

Buré

C'était décidé. Le Ndut aurait lieu cette année deux mois après les récoltes. Elles s'annonçaient prometteuses. Les épis étaient sortis de terre et le mil avait vite mûri, malgré les pluies tardives. Ce Ndut était très attendu. La dernière initiation avait eu lieu une quinzaine d'années auparavant. Les Juul[1] viendraient de partout. Des villages du Loog, du Hiréna, du Niombato, de Mbèye, même de Bassé. Les mangeurs d'âmes aussi. Dans le temps d'avant, il leur avait été demandé de choisir entre porter des cornes et être reconnus des humains, ou s'incarner sous une apparence normale et être damnés après leur mort. Les Nak avaient choisi l'invisibilité et la damnation. Dans leur croyance, la seule chose qui pouvait la leur éviter était de manger l'âme d'un circoncis. Aussi, étaient-ils à l'affût des initiations. On y trouvait des Juul en quantité. À l'annonce d'un Ndut, eux aussi se préparaient. Ils viendraient de toute part et attaqueraient le nid du mange-mil. Fodé devait les combattre. Tonton Pierre l'avait accompagné en mission de reconnaissance. Ils avaient parcouru toute

1. Les initiés, pluriel de O Cuul (l'initié).

la région pour les identifier. Ceux qui récemment s'étaient installés dans des villages paisibles, après avoir été chassés d'autres villages, étaient connus des anciens. Dans les premiers moments, les familles refusaient de leur donner épouse. Mais avec le temps, leurs origines s'évanouissaient dans la brume, ils se mariaient et s'intégraient aux communautés. Leur funeste savoir se transmettait par la mère. Elle pouvait décider d'en interrompre la chaîne. Fodé et Tonton Pierre avaient nuitamment visité les anciens qui les avaient renseignés. Telle famille s'était assagie, depuis longtemps personne ne s'était plaint d'elle, et aucun Madaak n'avait vu de Nak en rêve. Par contre, tel autre Nak était encore en activité et était accusé par plusieurs personnes dans la contrée.

Ngof avait laissé à Fodé une poudre qui faisait violemment éternuer et parler les Nak. Raconter leur forfait. Dire qui ils avaient tué et comment ils avaient procédé. Une fois la confession faite, ils devenaient inoffensifs. Ngof en avait neutralisé plusieurs par ce procédé. Le Jafur des Nak était impressionnant. La parole les convulsait, ils révélaient les détails de leurs sorties nocturnes, effrayants et sordides. Ils étaient parfois comme pris d'une hystérie, débitant des paroles tantôt incompréhensibles, tantôt limpides. Ils avaient parcouru en une nuit l'espace entre Koular Socé et Taataguine, pris la forme d'un âne ou d'un oiseau, s'étaient posés sur le toit d'une concession. Vent malfaisant, ils avaient habité le corps de leur victime. Celui-ci, pris d'une fièvre, sentait ses forces le quitter et les voyait en rêve tels des corbeaux veiller à son agonie. Le Nak le plus redouté était Buré. Il avait la capacité de faire disparaître les Juul sous terre. Fodé devait l'identifier et le neutraliser. Au Ndut de Diohine, Buré était resté avec les Juul et les avait fait disparaître dans une termitière. Les Selbés avaient accouru et entonné un chant initiatique auquel les Juul avaient répondu du fond de la terre. Chaque fois qu'ils creusaient à un endroit, ceux-ci répondaient depuis un autre. Depuis, dans le Ndut, il est interdit de laisser les Juul seuls ou sortir sans être accompagnés d'un Selbé. Buré avait réussi son forfait en se faisant passer pour l'adjoint du Kumax. Fodé devait choisir le sien avec soin.

Andoo-ssa

Le jour du départ arriva. Les Juul, le Nghaaman-circonciseur, les Selbés-encadreurs, Took Fa Maak, le goûteur et tout l'état-major du Ndut s'apprêtaient à passer trois mois en forêt dans le Waï-Nuk, le bois sacré. Le Ndut est ce moment où les adolescents sont initiés afin de devenir des hommes. Avec le temps, ceux-ci ont perdu les aptitudes qui leur permettaient de vivre dans la nature et de survivre à ses périls. Ils ressentent le besoin d'en réapprendre les secrets et de faire à nouveau l'expérience de ses épreuves pour traverser les saisons difficiles de l'existence. La communauté réinvente ces moments dans le Ndut et les sème d'embûches. Si le néophyte a pu traverser l'épreuve du Ndut, il pourra supporter avec sagesse celles d'une vie normale. De tous les maux, il aura une fois souffert. Il est même revenu du ventre de la mort. Depuis l'adolescence, il se prépare à vivre ce passage. Son port androgyne et sa coiffure en cimier indiquent qu'il est candidat au Ndut. Son oncle maternel engraisse son taureau pour les réjouissances de la sortie du bois sacré, et sa mère garde précieusement ses pagnes en cotonnade. Il compose ses propres chants panégyriques et s'exerce à la danse du Wong qui sera effectuée lors des fêtes précédant le début de l'initiation. Le dernier jour du Ngoomar, les grands Selbés annoncent le départ en sortant leurs sabres de leurs fourreaux et en entonnant l'*Andoo-ssa*. Le corps à demi recouvert de talismans, ils lacèrent leurs épidermes en lui appliquant les pointes de sabres, les lames tranchantes des couteaux, les coupe-coupe, sans qu'aucune égratignure n'apparaisse, ni qu'une goutte de sang ne perle. C'est la démonstration de leur invulnérabilité. Pas de place pour les hésitants ou ceux qui ne se sont pas préparés. Ils peuvent rejoindre le camp des spectateurs. *Andoo-ssa, Andoo-ssa, le couteau ne me perce pas, le coupe-coupe ne me perce pas. Que celui qui n'est pas un homme quitte la place, Andoo-ssa, Andoo-ssa.*

Avant le départ pour le Waï-Nuk, les néophytes sont circoncis par le Nghaaman sur un tronc d'arbre allongé, sous l'œil du Kumax et de son assistant. Les candidats se présentent un à un. Il arrive que des néophytes-Nak changent de sexe juste avant l'ablation du prépuce, afin d'intimider le Nghaaman. Le Kumax leur assène un coup sur la tête avec une branche et ils redeviennent mâles. La fin de chaque opération est annoncée par un tir de fusil qui sonne le départ du prochain candidat pour l'opération. Les néophytes rivalisent d'ardeur et se battent pour passer les premiers. Les Selbés ont du mal à les retenir. La communauté observe qui supporte l'épreuve avec courage et qui vacille. L'honneur des familles est en jeu. Une fois circoncis, ils se dirigent vers la forêt et passent devant le puits de Bury Ngaylor où jamais ne puisera ni la femme ni le néophyte. Les familles rentrent au village en priant Roog Seen de protéger leurs enfants de la convoitise de Buré Yaay Daman. Leur sort est désormais entre les mains de Fodé et des Yaal Xoox de la communauté.

Rue des Écoles

Je suis arrivé à l'amphi une demi-heure avant l'heure de l'appel. C'est la dernière épreuve des partiels. Je me sens fatigué. J'ai révisé hier le cours de théorie littéraire jusqu'à 2 heures du matin. Il me fallait parcourir *Le degré zéro de l'écriture* et feuilleter *Le plaisir du texte*, ne pas aller en profondeur, mais juste en saisir les principales idées. Angelus Hergibo avait insisté lors du dernier cours du semestre sur Jakobson et les fonctions du langage. Je l'entends encore nous dire de ne pas oublier que *tout fait signe*. La semaine dernière je suis monté à Paris chercher des textes de Mudimbe à Présence africaine. J'ai trouvé *L'odeur du père* inscrite en belles lettres sur une couverture blanche à liseré rouge. Ils n'avaient pas *Les corps glorieux des mots et des êtres*, il paraît que le livre n'était plus édité depuis un certain temps. J'en ai profité pour racheter le *Discours sur le colonialisme* et *Nations nègres et culture*. Bintou était à la caisse. Toujours la même présence accueillante. Elle en a vu passer des générations d'étudiants africains. Sur le retour, j'ai longé le Collège de France. Senghor rêvait d'y finir professeur. Je me suis arrêté à la librairie Compagnie au numéro 58 de la rue. J'ai trouvé au sous-sol, dans le rayon sciences humaines, les livres de sémiologie qui me manquaient. En traversant la rue, j'ai pensé à Barthes. C'est ici qu'a eu lieu l'accident de la circulation qui lui a coûté la vie, un jour de février 1980. Il traversait la rue des Écoles, dans les clous pourtant, et fut renversé par une camionnette d'une entreprise de blanchissage. Il se rendait au Collège. Il y occupait la chaire de sémiologie. Je suis ensuite allé à la librairie Vrin juste derrière, place de la Sorbonne. Elle est spécialisée en philosophie. Dans les rayons, aucun ouvrage de philosophes du continent africain. Je m'en suis ouvert à la gérante. Elle n'a pas eu l'air de comprendre ma revendication. Elle m'a avoué qu'elle n'en connaissait pas. J'ai compris qu'elle ne s'était jamais posé la question. Je lui ai indiqué qu'au 25 bis de la rue des Écoles, pas très loin, elle pouvait trouver des textes de Fabien Eboussi Boulaga, de Valentin Mudimbe, de Souleymane Bachir Diagne, de Paulin Hountondji, d'Alexis Kagame, juste pour commencer, et que son tour du monde des philosophies soit ainsi complet. Elle me fit la promesse de pallier ce manque. Elle était fair-play.

Angelus Hergibo nous a fait plancher pendant quatre heures sur le thème mythologies et connaissance. J'ai rendu ma copie au bout de deux heures. J'avais un rendez-vous avec Christian Ragu que je ne pouvais rater. Il gère une exploitation agricole derrière Saint-Denis-en-Val. Chaque année, il m'embauche au début de l'été pour les cerises, à l'automne pour les pommes et parfois dans l'année je viens faire du calibrage. J'ai besoin d'argent. Je vais l'aider à préparer la saison des cerises. S'il me garde plus longtemps, je pourrai commencer à économiser pour acheter un billet d'avion pour le bled. Cela fait deux ans que je n'y suis pas allé. Ulga aimerait bien m'accompagner, mais on risque de ne pas avoir assez pour payer le voyage et le séjour. Je n'ai pas encore dit à Na Adama que ma copine est européenne. Elle m'avait mis en garde. *Bouhel, ne me ramène pas une femme blanche après tes études. Je ne pourrais pas venir à ma guise me reposer chez toi. Nous n'avons pas la même culture. Pour les toubabs, la famille c'est papa, maman et les enfants*. Ulga avait le sens de la famille. Je l'avais observé à Varsovie. De plus, elle est généreuse. Na Adama apprendra à la connaître. Christian Ragu m'attendait dans le hangar. J'avais apporté mes chaussures de sécurité au cas où il faudrait commencer derechef. Nous avons chargé les palettes sur le tracteur et les avons déposées sous les cerisiers avec les cageots et les échelles. Christian me paie toutes les semaines. Le premier chèque servira à combler mon découvert. Les courses qu'Ulga a faites la semaine dernière nous permettront de tenir jusqu'à samedi. Il le faudra encore quelques jours, le temps que mon compte soit crédité et que nous puissions aller chez Leader Price, les produits y sont moins chers, faire des provisions pour deux semaines. Avec Ulga, la galère est plus douce. Elle ne s'affole jamais et nous finissons toujours par trouver des solutions.

Ulga est chaleureuse et câline. Elle prend autant soin de mes mains, qu'elle prend souvent dans les siennes, que de mon âme. Les nuages se dissipent dès qu'elle pose sur moi ce regard bienveillant dont elle a le secret. Je me sens enfin posé. En résonance intime. Voguant dans la même mer. J'aime Ulga.

Waï-Nuk

Le Ndut bat son plein. Les Juul continuent à arriver malgré le fait que l'initiation ait commencé depuis plusieurs jours. Le Nghaaman a dû reprendre du service à la lisière du Waï-Nuk. Les journées sont rythmées par l'enseignement, les chants des Selbés et des initiés, les coups de lengués qui s'abattent sur les néophytes, les énigmes qu'il faut déchiffrer. Chaque matin, les Juul racontent leurs rêves et Fodé les écoute attentivement. Il a déjà repéré ceux qui parmi eux ont des dons de prémonition. Les anciens ont décidé que la case qui protège les Juul serait élargie pour accueillir les retardataires. Le Ndut était déjà scellé, mais ils ont accepté de le rouvrir. Les Juul commencent par apprendre le Mbéré mbeté. *Mbéré mbéré mbeté, mbeteyam* [...] *sarakuli dambo, rikiim rakaam* [...] *wayo mbotoyo ndukam coo yare* [...]. C'est un chant initiatique dont la prosodie est fondée sur l'évolution des syllabes et leur proximité sonore. Il est destiné à travailler la mémoire et contient des messages qui leur seront décodés. Ceux dont la langue fourche le paient par des coups de lengués qui leur sont assenés par les Selbés. Ils sont survoltés. Les plus âgés modèrent leur ardeur. On apprend en chantant, au rythme des tambours. Certaines démonstrations qui nécessitent une attention particulière sont faites dans un silence complet. Tout y passe. Les vertus de plantes médicinales, les espèces comestibles, l'heure à laquelle monte la sève de certains arbres, la lecture de la position des astres pour se guider en pleine nuit dans la forêt et en mer. Comment supporter une position inconfortable. Comment ne pas éternuer. Comment décoder certains messages contenus dans le regard et le silence. Comment annoncer une mort ou un danger imminent sans parler. Tous les initiés de la région peuvent accéder au Ndut. Ils répondent à une énigme qui leur est posée à l'entrée du nid, assistent aux séances, transmettent leur savoir et repartent.

Jegan assiste Fodé dans sa mission. Il vérifie chaque matin et chaque soir que le Ndut est mystiquement clos. Il fait la synthèse des rêves et des visions nocturnes des Juul ; repère le type d'oiseaux qui se posent sur le toit du nid et le type d'animaux domestiques qui rôdent autour. Certains sont inhabituels dans cette partie de la forêt. Ce sont sûrement des Nak ayant pris une forme animale pour surveiller le Ndut. Jegan les chasse avec son bâton de Kel, en blesse certains à la patte et vérifie le lendemain si un Selbé ou un Juul a la même blessure.

Moon est féroce. Il vient de l'un des villages du Loog. Il est expérimenté et connaît le sens caché de la plupart des chants initiatiques. C'est le Selbé le plus craint des Juul. Quand il demande les lengués, un silence s'abat dans le nid. Fodé a remarqué cet adolescent que l'on surnomme Jogoy. Petit de taille. Quelque chose qui relève de la témérité l'habite. Il supporte sans ciller les coups de lengués de Moon et fait montre d'endurance lors des marches en forêt. C'est toujours le même groupe de néophytes qui traîne derrière et qui se fait houspiller. Njiik, le coq qui chante tous les matins, et Faratan, à qui le droit a été donné de choisir le meilleur repas, ferment la marche. Il faudra leur ôter cette habitude avant la sortie du Ndut et en faire des hommes résolus, ne rechignant pas devant l'effort. Lorsque Fodé arrive le matin avec Jegan pour recueillir leurs rêves de la veille, Jogoy est toujours éveillé. Il a vu en rêve des enfants pleurer autour du puits de Bury Ngaylor. Il a aussi vu que les canaris du Fangool de Mbulaané étaient renversés. Avant de partir, Fodé s'est mis d'accord avec Marème qu'il allumerait son téléphone portable tous les quinze jours. Elle pourrait lui laisser des messages écrits et lui donner des nouvelles. Il les lirait mais ne répondrait pas. À la confirmation de lecture, elle saurait qu'il les a vus et que tout va bien à Waï-Nuk.

*

Ce matin Fodé alluma son téléphone et à sa surprise une image de Ngof s'afficha sur l'écran. Il n'avait aucune photo de lui dans sa galerie. D'où venait-elle ? En allant à la case où dorment les initiés, il vit sur le chemin des nids de mange-mil renversés, certains étaient ouverts et les bâtons de roseaux, sur lesquels ils étaient posés, éparpillés au vent. Ngof cherchait à lui dire quelque chose. Que le Ndut était ouvert ? Fodé entra dans le Ndut, suspicieux. Il tâta discrètement avec un bâton l'endroit où étaient enterrées les protections. La terre n'avait pas été remuée. Elles étaient bien là. Jegan et lui veillaient tous les matins et tous les soirs à fermer le Ndut. Qu'est-ce qui aurait pu déclore le nid ? Fodé devait préparer les libations que les anciens font chaque vendredi au Fangool de Mbulaané. Il se mit en route. Inquiet.

Apouat

Le Fangool de Mbulaané se trouve à quelques kilomètres à l'ouest de Waï-Nuk. Tous les vendredis, les anciens y officient. La colonne des Juul s'élance au chant de « *Fadiid, Fangool, inwey ngaraa*[1] ». Les anciens ouvrent la marche qui est encadrée par les Selbés. Patmon, le serre-file, se tient à l'arrière et frappe les jambes des traînards. Jegan remarque que Moon, qui d'habitude est si alerte, marche lentement. On dirait même qu'il claudique. Le soleil est à son zénith. La colonne avance, se fraye un chemin dans les fourrés, s'étire à tel point que l'on n'aperçoit plus le groupe de tête. Fodé est déjà à Mbulaané depuis le matin. Le sanctuaire doit être prêt à accueillir tout ce monde. Le Nghaaman et lui vérifient que les canaris sont au bon endroit et que le contenu des libations est adéquat. Les circoncis passeront bientôt dans le ventre du Maam, celui-ci les engloutira et les fera renaître. À Mbulaané on vient demander à Roog de faire triompher la vie sur la mort. Dans l'outre conservée depuis Apouat, se trouve le secret de la survie. Njiik le coq et Faratan le mangeur, au lieu de

1. « Approche, Fangool, nous arrivons. »

se hâter, furètent dans le sous-bois, cueillent des fruits de saison et s'empiffrent. Le groupe des traînards est toujours le même; il ralentit la marche et peu à peu se détache de la colonne des Juul. Moon surgit devant eux et leur demande de retourner à Waï-Nuk. On y a oublié des victuailles qu'il faut rapidement rapporter à Mbulaané pour la cérémonie. Il se propose de les accompagner. Njiik et Faratan sont interloqués. Moon leur crie dessus. Ils obéissent et se mettent en mouvement vers le nid. Moon prend la tête du peloton. Jogoy les aperçoit rebrousser chemin. Il se met immédiatement à courir et les rattrape. Arrivé à Toumbé, Moon prend à droite. Les circoncis s'arrêtent, ils ne comprennent pas, car Waï-Nuk se trouve à gauche. Ils refusent de continuer. Moon, les yeux rougis, leur hurle dessus et les frappe. Ils ont tous vu la termitière et comprennent qu'il veut les faire disparaître sous terre. Il est le Buré tant redouté. Jogoy s'agenouille et étreint le tronc d'un arbuste. Les Juul, en colonne serrée, se tiennent la taille les uns des autres, et résistent. Pendant ce temps, autour du puits de Bury Ngaylor des femmes fredonnent sans trop savoir pourquoi. « Xoorora Mbombé, laisse l'enfant d'autrui, de nuit comme de jour, laisse l'enfant d'autrui. » De Mbulaané, Fodé voit la scène. Il charge son fusil et tire un coup en l'air. Avant d'appuyer sur la détente, Fodé ferme les yeux et remplit le projectile de son intention. Il vient de plier l'espace-temps. Le projectile n'aura pas à se frayer un chemin dans la forêt, éviter les arbres, contourner les obstacles. Il arrive directement sur Moon et l'abat. Une clameur s'élève. Le Kumax vient d'empêcher le drame le plus redouté du Ndut. La disparition des Juul sous terre. Fodé devra maintenir le corps de Moon en vie jusqu'à la sortie du Ndut. Moon sera absent, le regard éteint, mais pourra marcher, s'asseoir et porter des ustensiles. Il est mort, mais son corps restera en vie le temps de l'initiation. Du pays sans fin, Ngof pousse un grand soupir. Une ride anime les eaux de Mussa Diagne.

La cérémonie peut maintenant commencer. C'est ici que le Ndut prend son sens ultime. La communauté prie pour que Cuul tienne au petit Selbé qui tienne au grand Selbé qui tienne au Kumax qui tienne au Roi qui tienne au Fangool qui tienne à Roog. Chaque colonne du portique est reliée à la suivante et Roog, l'Être suprême, couvre et parachève l'édifice. Après la prière, un chant s'élève en l'honneur d'Apouat, le maître des initiations secrètes. Il est celui qui est revenu à la vie et qui en garde le secret. Son chien est étendu sur sa tombe et veille sur son mystère. Depuis l'exil de la vallée du Nil, depuis le Tassili, depuis le Tagant, depuis le Tékrour, jusqu'à la mer, les anciens ont conservé l'arcane dans l'outre. Aujourd'hui, ils l'ouvrent afin que le ventre du Maam régurgite les Juul. Ensuite, ils la refermeront jusqu'au prochain Ndut.

La maison de Karol

Les examens sont finis. Les épreuves de chimie atomistique et de mécanique des fluides se sont bien passées. Je les redoutais un peu. Bouhel a le sentiment de s'en être pas trop mal sorti, lui aussi. Il espère qu'il sera pris dans le Master II d'Angelus Hergibo. Il a déjà commencé à bosser chez Christian. Il rentre au crépuscule, harassé. La veille, je lui ai préparé son sandwich et j'essaie de me lever quand je peux pour lui faire couler un café. Il s'habille dans le noir et évite d'allumer la lumière de la chambre. J'ai beau lui dire que cela ne me gêne pas, je le vois fureter dans l'obscurité, chercher ses vêtements, marcher doucement pour ne pas faire de bruit. Ce week-end on a décidé d'aller voir le concert des Strangers. Abbas et son groupe jouent à L'Astrolabe. La dernière fois que je les ai entendus en répèt, j'ai reçu une claque. Leur univers musical était posé, cohérent, l'alchimie avait opéré. Leur complicité était belle et la musique s'en ressentait. Ça se voyait que cette bande de gais lurons avait du plaisir à jouer ensemble. Ils s'étaient réparti les rôles. Abbas assurait la bonne humeur du groupe avec ses incessantes blagues et Krome Kappa veillait au grain, les ramenait à l'ordre quand ça s'égarait un peu trop avec son perpétuel : *les gars, on reprend, il faut boucler le set.* La notoriété est un feu de brousse qui se répand à la vitesse du vent. En quelques mois les Strangers étaient connus dans toute la région. Ils allaient fêter la sortie de leur premier album, *Ecce Vida*, et pour rien au monde, Nevena, Diana, Bouhel et moi n'allions rater ce concert. Nous avions tenu à acheter nos places. Abbas avait pourtant insisté pour mettre nos noms sur la liste des invités. J'aimais bien assister aux balances les après-midi d'avant-concert. Les musiciens apprivoisaient la salle, son acoustique, fignolaient leur son, tâtaient le pouls du lieu, ajustaient les derniers réglages, se délestaient un peu de leur appréhension. Le soir arriva. La file était longue à l'entrée et la salle se remplit vite. J'étais heureuse pour eux. Bouhel et moi avions décidé de ne pas accroître leur stress en passant les saluer dans les *backstages*. On attendrait la fin du concert. J'étais dans la fosse, aux premières loges. Bouhel préférait toujours écouter du fond de la salle. Les Strangers avaient recruté un batteur pour asseoir un peu plus la rythmique. Le concert débuta par un duo, derbouka-batterie. Les premiers morceaux passèrent vite. Au fur et à mesure que le set progressait, les applaudissements étaient de plus en plus nourris, le public se détendait et peu à peu reprenait les refrains des chansons en chœur. Quelque chose comme une vibration commune circulait, s'épaississait et les fréquences des âmes s'accordaient. L'ami Remna Schwarz appelle cela la *saltana.*

Au début je n'entendis pas mon téléphone sonner. Il vibrait dans la poche de mon jean. J'avais senti comme une onde parcourir ma cuisse et cru que c'était l'effet des infrabasses. L'acoustique du lieu était excellente. Je sortis de la salle pour décrocher. C'était Martha. Sa voix était inquiète.

— Ça fait dix minutes que je t'appelle, tu ne décroches pas.

— Je suis à un concert, Maman, qu'est-ce qui se passe ?

— Vladimir a été arrêté à Cracovie par la police. Il est gardé à vue. Il y a deux jours, il a disparu. Nous avions pensé qu'il était allé dans la cabane d'Igor au bord du lac. Nous ne voulions pas t'inquiéter. Nous l'avons cherché partout. Nous étions morts d'inquiétude. Hier soir en regardant les infos, nous l'avons vu menotté par la police qui le mettait dans une fourgonnette. Il est allé dans une maison à Cracovie, habitée par des braves gens, près de l'église où officiait Jean-Paul II et a commencé à démolir le mur avec un marteau piqueur. Il disait faire des travaux pour accueillir Karol Wojtyła qui allait bientôt rentrer du Vatican et habiter cette demeure. Lorsque les propriétaires lui ont demandé d'arrêter, il les a menacés. La police est venue et il a fallu plusieurs hommes pour le neutraliser. Au commissariat il leur a raconté que le monde était en perdition, qu'il était le vicaire de Karol dont il préparait le retour.

J'étais interloquée. Les histoires de Vladimir devenaient inquiétantes. Je me sentis coupable. Je les avais un peu encouragées en l'écoutant et en acquiesçant à ses affabulations. L'hôpital de Czyste avait envoyé par fax son dossier médical aux policiers de Cracovie. Ceux-ci l'avaient relâché. Je devais lui parler avant qu'on ne l'interne à nouveau. Je revins dans la salle un peu absente. Peu à peu, je me remis dans l'ambiance du concert. Je m'occuperais de Vlad après.

La Brigade

Ils ont interné Vladimir quatre jours. Ils l'ont un peu plus abruti. Les médecins disent qu'il souffre d'une forme aiguë de paranoïa et d'un complexe de persécution. Son traitement est une psychothérapie associée à des neuroleptiques. Ils avaient noté des progrès ces derniers mois, mais là il semble avoir régressé. Les psychiatres de Czyste ne l'internent que quand il devient dangereux pour lui-même. La plupart du temps, ils préfèrent qu'il reste à la maison. Ils ont noté qu'il allait mieux quand il y était. Ils ont demandé à Martha si quelque chose d'inhabituel s'était passé chez nous pour que son délire de persécution reprenne. À force de nous occuper de Vlad, nous sommes tous devenus des experts de sa maladie. Je crois comprendre ce qui a réveillé sa psychose. Vlad a toujours été méfiant et a toujours eu tendance à douter de tout. Lorsque nous étions adolescents, il lui arrivait de donner une signification personnelle à un ensemble d'événements et de *signes* qui ne lui étaient pas adressés. Le monde conspirait toujours et souvent contre lui. Rien n'arrivait pas hasard. Tout avait un sens. Un jour, il avait décidé que les facteurs qui nous livraient le courrier à la maison à vélo avaient été envoyés par le régime pour le surveiller et lui voler le programme informatique qu'il venait de finir de coder sous C+. Ces derniers testaient un nouvel outil, un petit boîtier à écran tactile sur lequel les récipiendaires des courriers signaient avec un stylet. Vlad avait construit toute une histoire autour de la faculté de ce boîtier à aspirer et à répliquer tous les programmes informatiques se trouvant dans des appareils à deux kilomètres de rayon. Il s'était enfui de la maison, son ordinateur sous le bras, et s'était retrouvé sur la rive droite de la Vistule. J'ai eu Vladimir au téléphone. Il semblait fatigué et un peu vaseux. Ils ont dû un peu forcer sur la dose. Martha m'a dit qu'il a dormi toute la journée d'hier. Il tenait à me raconter son histoire.

— Ulga, tu te rappelles ce nuage or pâle qui venait de Tchernobyl il y a une dizaine d'années. C'était un avertissement. Nous avions commencé à détruire le monde. Personne n'avait fait gaffe. Depuis, c'est l'escalade. Et rien ne nous arrête. Ulga, nous allons tous mourir empoisonnés. L'air deviendra irrespirable, les eaux contaminées, la nourriture infectée. Rien ne les arrêtera, Ulga. Il faut que nous agissions. Nous avons formé des brigades pour la survie de la vie. Nos rangs grossissent. Karol est notre guide. Nous préparons la contre-offensive. Elle sera planétaire, tellurique, interstellaire. Nous allons pirater tous les systèmes informatiques. Les tours de contrôle des aéroports seront à l'arrêt. Les trains bloqués dans les gares. Les flux financiers stoppés. Les banques en faillite. Nous allons flinguer leur système qui ne fait que précipiter l'agonie du monde.

— Vlad, sais-tu que tu as causé un préjudice à ces braves gens qui habitent cette maison à Cracovie. Tu as endommagé leur mur, tu les as effrayés. Qu'ont-ils fait ?

— Tu crois qu'ils sont innocents, Ulga. Personne ne l'est. Nous sommes tous complices de ce projet de mort lente et de suicide collectif. Nous nous sommes laissé hypnotiser et vriller le cerveau par leurs gadgets. Nous avons été attirés par les lampions du manège et avons joué le jeu jusqu'à la nausée, sans nous poser la question de qui payait cette luxure. Nous achetons nos produits dans leurs supermarchés, conduisons leurs automobiles. Nous leur donnons les ressources qu'ils utilisent pour toujours détruire. Nous sommes complices de la grande dévastation. Cette maison c'est notre QG. Elle est située à un endroit d'une haute fréquence énergétique. C'est de là que la reconquête doit repartir. J'y retournerai. S'ils m'en empêchent, les autres membres de la Brigade iront finir le travail.

— Vlad! Les membres de ta brigade et toi, votre engagement est généreux. Mais dès que vous offensez des braves gens, qui ne sont pour rien dans cette affaire, vous devenez cruels et vous ressemblez à ceux que vous combattez!

Vladimir se tut un moment. Je sentais son trouble. Un mélange de perplexité et de tendresse. Sa voix se chargea d'une sourde mélancolie. Il lâcha :

— Ulga, c'est la guerre. Elle a déjà commencé. Mais rassure-toi, nous n'utiliserons pas leurs armes. C'est à la ruine morale que nous allons nous attaquer.

Troisième mi-temps

Fodé est rentré du Ndut. Il a maigri. Il a dormi les deux premiers jours. Il ne se levait que pour prendre ses repas. Quelque chose semble avoir changé en lui. J'ai noté quelques cheveux blancs que je ne lui connaissais pas. C'est quelque chose de presque imperceptible, une nuance dans le regard, le calme avec lequel il fait désormais les choses. Comme s'il était habité par une sérénité nouvelle. Une certitude ancrée et profonde. Il m'a mis dans la confidence de la mort de Moon, ce Nak redouté que l'on avait surnommé Buré et qui s'était fait passer pour un Selbé afin d'attaquer le Ndut de l'intérieur. D'ailleurs, la nouvelle s'était répandue comme une traînée de poudre dans tout le pays sérère. On disait que le nouveau Kumax avait terrassé Buré Yaay Daman et sauvé les Juul d'une disparition sous terre. Qu'il avait vu la scène de Mbulaané, qui est à plusieurs kilomètres de là où se jouait l'étrange scène, et qu'il avait abattu Moon d'un coup de feu ; le projectile avait trouvé son chemin à travers la forêt jusqu'au cœur de Moon. Ensuite, comme les anciens, il l'avait gardé en vie jusqu'au Bat[1]. Par cette

1. Sortie du Ndut.

prouesse, Fodé avait conquis ses lettres de noblesse dans le monde des Yaal Xoox. Sa réputation allait désormais au-delà de Kaarang.

*

Ces trois derniers jours, Fodé a le sommeil agité. Il se retourne dans le lit. Je l'entends parler dans ses rêves. Parfois, j'ai l'impression qu'il se bat contre des fantômes. Je l'entends aussi réciter des litanies dans une langue mystérieuse. On dirait de l'hébreu ou de l'égyptien démotique. Hier matin, il m'a dit qu'il avait cessé les combats nocturnes. Après le Ndut, les Nak avaient décidé de l'attaquer pour se venger de la mort de Moon, mais surtout pour l'empêcher d'entraver leurs projets lors d'une prochaine initiation. Ils s'y étaient mis à plusieurs. Ils avaient même fait appel à leurs collègues du Fogny et du Boundou. Fodé avait fini par les vaincre. Ngof lui était apparu plusieurs fois, le prévenant et lui indiquant comment leur échapper. Ngnima Faye et Siga Badial l'avaient aussi aidé dans cette rude empoignade. Maintenant qu'il en avait terminé avec les habitants du territoire des ombres, il avait décidé de construire dans la cour de la maison un autel pour le Fangool que Ngof était devenu. Il y ferait ses libations, converserait avec lui au crépuscule tombant et sentirait sa présence un peu plus proche. J'avais promis de l'aider à le faire.

Scriptorium

J'avais reçu un message de frère Tim. Le mail m'était adressé du secrétariat du monastère. Il m'indiquait qu'un grand projet de réédition des sermons de Maître Eckhart et du *Château intérieur* de sainte Thérèse d'Ávila, augmentée de commentaires, avait été entrepris par le monastère. À l'occasion, celui-ci faisait appel à des relecteurs externes qui étaient familiers des questions spirituelles. Frère Tim me proposait ce travail qu'il estimait d'une durée de quatre semaines. La relecture des manuscrits m'occuperait les matinées et je pourrais profiter des après-midi pour lire, écrire, méditer, me promener dans le cloître. Cela faisait une année que je travaillais au restaurant, j'avais droit à des congés. Je les pris et me mis en route pour Marmyal. Je retrouvai avec joie la sérénité et la beauté du lieu. Sans m'en rendre compte, les chants qui s'échappaient de l'abbatiale à l'aube m'avaient manqué. Nous travaillions dans le *scriptorium*. Le lieu semblait sorti d'un livre d'Umberto Eco. Une vieille presse, une linotype du siècle dernier, des codex et, parmi les manuscrits anciens et les encriers, deux ordinateurs portables neufs étaient installés sur une grande table pour frère Robert et moi. Leur présence était étrange.

On avait le sentiment dans cette pièce d'être à la croisée de mondes qui s'enchevêtraient. Le temps y avait une profondeur et une texture que l'on pouvait toucher. C'était dans un tel endroit que les moines copistes du Moyen Âge passaient leur journée à recopier les Écritures saintes. Frère Robert et moi relisions les textes, vérifiions qu'ils étaient conformes à l'édition précédente, nous nous assurions que les commentaires étaient clairs et intelligibles, traquions les coquilles, les problèmes de syntaxe et les défauts de formulation. Il y avait souvent des redites, des reprises, des répétitions. Les commentaires censés éclaircir le propos ne s'ordonnaient pas tout de suite clairement. Cette quotidienne intimité avec ces textes nous faisait parfois passer de l'autre côté de leur opacité. Ce travail me comblait. Il m'arrivait de passer tout un après-midi pénétré d'un sermon de Maître Eckhart ou d'une sentence enluminée de sainte Thérèse d'Ávila, les méditant, et que soudainement se dévoile un sens non perçu à la première lecture. La théologie de Maître Eckhart est apophatique. Dans le sermon 94, il affirme que la béatitude de l'âme se trouve dans la connaissance de Dieu. Mais Dieu est inconnaissable par les créatures, dit-il également. Aussi, l'homme peut seulement connaître ce que Dieu n'est pas. J'aimais cette idée de l'inconnaissable. De la théologie négative. De l'impossibilité d'énoncer à propos de Dieu un savoir positif. Dieu, s'il existait, échappait à nos représentations. Il était l'irreprésentable. Alors quel était l'objet de la foi dans ce cas ? Avec frère Tim, nous reprîmes nos conversations dans le locutoire. Je lui confiais mes questionnements. Frère Tim avança l'idée étonnante que la foi n'avait pas d'objet. Il la distinguait des croyances qui étaient des articulations d'énoncés, des formulations plus ou moins intelligibles et rationnelles de ce à quoi l'on accordait du crédit. La foi est donc conscience sans objet. Elle affirme qu'il peut exister une réalité incompréhensible, mais pas pour autant incroyable. Selon frère Tim, il ne fallait pas confondre la foi avec les mots dans lesquels elle cherchait à se dire, on tombait dans ce cas dans l'idolâtrie et le fanatisme. Dans son explication, il fit appel à saint Thomas d'Aquin pour qui « la foi ne s'arrête pas à ce qui peut être énoncé, mais à la chose (*res*) », or cette chose, c'est le mystère ineffable, autrement on n'aurait pas besoin de foi. Je lui demandai pourquoi alors il était chrétien, s'il s'agissait juste d'être en présence du mystère. N'étaient-ce pas des croyances, la Sainte Trinité, l'eucharistie, la transsubstantiation, formulées par une communauté, une culture, une religion, dans une conjoncture intellectuelle et spirituelle particulière ? Frère Tim sourit. Je compris que c'était une question à laquelle il avait déjà réfléchi. Peut-être durant le temps de son noviciat.

— Frère Bouhel, les croyances sont légitimes, dans la mesure où nous sommes aussi des êtres rationnels ; nous ne pouvons nous tenir ouverts à l'inconnu et au mystère en nous interdisant toute représentation de la transcendance. Nous avons besoin de formuler les choses, de tenter des énoncés, même si ceux-ci se révèlent impuissants à dire le cœur du mystère. *Tandis que la plume se hâtait pour écrire, elle s'est brisée dès qu'elle est arrivée à l'Amour*, dit Rûmi. La parole, en même temps qu'elle s'insère dans un réseau de mots, indique ce qui échappe à toute tentative de symbolisation.

— Frère Tim, de Saussure jusqu'à Jakobson, la linguistique nous apprend que l'une des fonctions du langage, c'est la symbolisation…

— Certes, mais une parole ne devient réellement vraie qu'à avouer son impuissance à dire et à représenter ; et c'est pour cela que nous prions, car dans la prière, on laisse surgir ce qui est déjà là, mais retranché des représentations que nous nous en donnons.

Je mis du temps à saisir la réelle teneur du propos de frère Tim sur la parole. La subtilité m'en échappait quelque peu. Nos conversations avaient ceci de particulier qu'elles n'impliquaient pas de répliques immédiates. Le désir d'avoir raison en était absent. La sagesse de frère Tim m'éclairait, mais souvent, quelque chose, une *vérité*, une clarté, qui n'émanait ni de lui ni de moi, mais de notre dialogue, surgissait entre nous. Nous restions silencieux de longs moments après un flot de paroles, les laissant résonner. Frère Tim était un maître du silence qui avait longtemps médité dans son terrier, ce qui donnait à sa parole sa force et sa beauté. Elle était lestée du poids de son existence. Il proposa que nous marchions dans le cloître le long du jardin. Le mouvement permettait de laisser décanter les choses. Il reprit sa méditation sur la foi.

— Bouhel, vois-tu, au fond, la foi est liée à la conscience de la question.

— Quelle est cette question ?

— Celle du sens, de Dieu, de la vie.

— Elle peut différer chez les individus ou les communautés…

— Oui, mais si tu l'observes précisément, tu verras qu'elle revient à celle du sens, quel que soit le nom qu'on lui donne. Mais c'est plutôt sur la manière dont la question est formulée que je souhaitais m'appesantir. Quelle que soit la question que l'on pose, si sa formulation est trop précise, on piège et on enferme la réponse, car on définit les paramètres dans lesquels elle peut avoir une validité. La foi profonde ne saurait se définir à partir d'un objet quelconque, même mental ; elle se rapporte toujours à la totalité, laquelle récuse en tant que telle toute objectivation. Elle fait appel à une autre dimension, accessible seulement à ce que les Orientaux appellent le troisième œil. Ce qui fait l'homme religieux, frère Bouhel, c'est une conscience de la transcendance qui est indissociable de l'immanence. Un désir d'affiner la pointe lumineuse de la conscience. Cette dimension de simple ouverture a été cristallisée dans des systèmes de croyances et des institutions. Aussi, la culture donne à la religion son langage, qui a pour fonction de laisser entendre par des mots cet inexprimable qu'appréhende de façon directe le troisième œil.

Frère Tim se tut un moment, puis reprit :

— Quand on y pense, il y a une relation transcendantale entre la foi que l'on pourrait dire globale ou universelle et la croyance particulière. Je crois et je cherche à comprendre ce que je crois. Bouhel, la foi en quête d'intellection (il reprit la phrase en latin), *fides quaerens intellectum*, n'est pas l'intellection de la foi.

Je souris. Mon visage s'illumina d'une compréhension soudaine. C'était comme si un voile subitement tombait. Des choses que je pressentais, saisissais intuitivement dans une pénombre, mais que je n'arrivais pas à formuler, devenaient limpides. Les propos de frère Tim sur la parole s'étaient éclaircis. Je lâchai :

— C'est pour cela qu'il faut réapprendre à écouter le monde, les astres, les montagnes, les mers, la nuit, la rue. Écouter tout ce qui ne parle pas, mais qui pourtant signifie.

Je pensai à Angelus Hergibo.

Le temps des cerises

J'ai reçu mes résultats d'examens dans les champs de cerises. Nous commençons tous les matins à 7 h 30. Le bus passe devant l'arrêt des Châtaigniers vers 6 h 30. Le jour se lève à peine. Il est rempli d'étudiants africains et de travailleurs immigrés, tous à moitié endormis, le visage grave. Nous ressemblons à une armée des ombres devant affronter un pénible destin. Le soir, à la descente, l'ambiance est plus détendue : bien que sales et fatigués, les visages rayonnent. Chaque matin, Christian Ragu nous assigne des arbres à cueillir. Nous sommes payés à la tâche. Il faut faire plus de quinze seaux par jour pour que cela en vaille la peine. Parfois on tombe sur un bel arbre, dont les branches ploient sous le poids des cerises. La cueillette se fait vite. D'autres fois, l'arbre est famélique et il faut monter à l'échelle et chercher les quelques rares cerises perchées sur des branches hautes. On appelle cela, dans le jargon des cueilleurs, du nettoyage. Nous sommes au début de l'été, il commence à faire chaud. C'est déjà ça, ce n'est pas la grisaille et l'humidité de l'automne, qui gèlent nos doigts et nos os lorsque nous vendangeons les pommes. Au bout d'une heure, le geste devient mécanique. On l'exécute sans plus y penser. La journée passée dans les arbres permet de réfléchir. J'ai fait une petite estimation. Avec ce niveau de rendement, à la fin du mois, je n'aurai pas assez pour payer les billets d'avion. Même si je me défends bien, je n'ai pas la dextérité de Khalifa, de Bassa et de Séga qui font autour de trente seaux par jour lorsqu'ils ont de bons arbres. Je vais peut-être renoncer cette année encore à aller au pays. Les parents d'Ulga nous ont invités à les accompagner au bord de la Baltique. Nous irons probablement en Pologne cet été. Igor et moi pêcherons le silure. Ulga m'a envoyé un texto. J'ai réussi mes examens à la session de juin avec mention. J'ai de bonnes chances d'être pris dans le Master II de sémiologie. Je ressens un grand soulagement. Je vais l'annoncer à Na. Elle sera heureuse. Fodé m'a écrit qu'elle n'était pas en forme ces derniers temps. Elle a été malade, mais elle va mieux. Cette année de galère n'aura pas été vaine. La bourse que m'octroie le *pays* s'arrête en maîtrise. Même si elle est insuffisante, elle m'a permis de tenir toutes ces années et de survivre en bricolant avec des jobs ponctuels. Pour le troisième cycle, il va falloir que je trouve des ressources plus régulières. Je ne pourrai pas passer mon temps entre la ferme agricole, la manutention et les missions d'intérim. La présence aux séminaires est obligatoire. Il me sera difficile de les rater, comme pour les cours magistraux de ces dernières années, et les rattraper ensuite. Ils dureront jusqu'en janvier, ensuite on aura quatre mois pour écrire et déposer le mémoire de fin de Master. Je pourrai à ce moment chercher un travail. Un job de vigile dans la sécurité ferait l'affaire. C'est le seul secteur d'activité pour lequel nous sommes prioritaires. Un vieil imaginaire du Noir effrayant, un peu rude et sauvage, fait que nous décrochons ces jobs. Pas pour filtrer l'entrée d'une boîte de nuit, mais des tours de garde dans une entreprise, dans une médiathèque, la réception d'un hôtel le soir m'iraient parfaitement. Ils me permettront de lire, assis dans une guérite ou derrière un comptoir d'accueil, et de bosser mes cours dans le silence de la nuit.

Princess Erika

Mes parents nous ont invités à passer deux semaines avec eux au bord de la mer Baltique. Tous les deux ans nous y allons. Le temps pour eux d'économiser de quoi payer le chalet modeste, mais confortable, les pieds dans l'eau, que nous occupons. Toujours le même. Nous avons le sentiment d'y être chez nous. Une résidence secondaire rêvée que l'on occupe le temps d'un été. Igor passe ses journées avec Vladimir à pêcher. Martha et moi marchons en forêt, pique-niquons, lisons, faisons un peu de sport, roulons à bicyclette le long de la côte. J'ai obtenu ma licence à la session de juin. J'ai même majoré. Martha et Igor seront fiers. Ceci me permettra de rejoindre le cycle d'ingénieur en année de spécialisation, sans concours. Je n'ai pas encore choisi entre le génie mécanique et l'aérospatiale. Je rêve un jour de me balader dans l'espace, dans un vol habité. Il faudra pour cela que je m'exile aux États-Unis, ce n'est pas demain que la Pologne enverra une navette dans l'espace, à moins que je ne rejoigne l'Agence spatiale européenne. J'ai visité les locaux de leur siège à Paris, c'était tentant. J'ai eu Martha au téléphone. Je lui ai annoncé que nous venions. Nous avons trouvé un covoiturage qui nous déposera à Varsovie. Un Polonais vivant en France qui part en vacances avec son épouse et qui a deux places. J'ai noté que, désormais, elle ne me demande plus de mes nouvelles sans y inclure Bouhel. Comment vous allez? Vos examens se sont-ils bien passés? Elle l'a adopté. Martha est farouche. Elle ne fait pas facilement confiance. Elle renifle les gens. Quelque chose s'est passé entre eux à un niveau organique. Tant mieux.

Nous avons pris la route un samedi matin. Il faisait beau. Les aires de repos étaient remplies de voyageurs en bermuda et lunettes de soleil. Le couple qui nous emmène est sympa. Ils nous font la conversation. Je sens que Bouhel préférerait contempler les paysages en silence. Le transport pas cher a un prix. Parfois, ils mettent de la musique. Ils sont branchés hip-hop, musique black et tubes de l'été : Pascal Obispo, Princess Erika et Doc Gynéco se relayent dans la playlist. À Varsovie, nous avons retrouvé notre chambre, Bouhel et moi. Le repas du soir fut joyeux. Bouhel venait d'être admis dans le Master II d'Angelus Hergibo et j'étais major de ma promotion. Igor avait servi le champagne en notre honneur. Bouhel en a bu une coupe, même deux. Il a passé toute la soirée à rire. Vlad avait l'air moins farouche que la dernière fois. Il souriait même à certaines blagues d'Igor. Celui-ci nous raconta l'histoire d'un professeur américain venu en vacances en Poméranie et qui passait son temps à demander aux habitants s'ils connaissaient la cinétique chimique, ou la dynamique des fluides appliquée, ou encore comment ils avaient conçu un système de chauffage aussi archaïque, et quid de l'aérodynamique externe. Sa suffisance avait exaspéré tout le monde. Un jour au milieu d'une balade sur le lac, la barque d'El Professor chavira, celui-ci ne savait pas nager.

Le villageois qui l'accompagnait, ignorant en dynamique des fluides, en quelques brassées rejoignit la berge et lui demanda s'il connaissait la *nagéologie* ou la *swimmologie*. El Professor répondit par des appels au secours qu'entrecoupait la tasse qu'il buvait. Le villageois mit un peu de temps avant de se porter à son secours, histoire de lui administrer une petite, mais essentielle leçon de vie. Nous partîmes nous coucher. Toute la soirée j'avais regardé Bouhel dans la pénombre et la fraîcheur du balcon. Je l'avais désiré. Notre chambre était mitoyenne de celle de mes parents et, lors du voyage précédent, il n'avait pas souhaité que l'on fasse l'amour. Il craignait que l'on nous entende. Je m'étais blottie contre lui toute la nuit. À Jezerziany, le chalet a un rez-de-chaussée et deux étages. Notre chambre sera sous les toits. Je pourrai lui faire des choses pas très catholiques. N'en déplaise à sa pudeur.

Jezerziany

Ce pays est magnifique. Depuis ce matin, nous roulons. Ses paysages semblent sortis d'un film d'époque. Il y a quelque chose de calme dans ces forêts qu'aèrent des lacs et des rivières. Un vert pomme qui s'étale à l'infini. Des châteaux qui subitement sortent de l'herbe. Nous remontons vers le nord. Igor me parle du lac Łebsko en Poméranie où l'on pêche des truites, des perches et du brochet. Je comprends également que tous les deux ans, ils y retrouvent des amis venus de Suède, d'Allemagne et de Lituanie, et qui louent les chalets attenants au leur. Ils forment une petite communauté de vacances au bord de la mer Baltique. On arrive à Gdansk au bout de cinq heures de route. Il nous faut encore une petite heure pour arriver à Jezerziany où nous passerons les quinze prochains jours. Je me dis que deux semaines, ça peut être long si les choses se passent mal. Il n'y a pas de raison. Mon dernier séjour à Varsovie s'était très bien déroulé. Les Jaroslaw sont très accueillants. L'endroit est somptueux. L'air y est pur. Une forêt de pins, profonde, dominée par un plateau rocheux où affleure la mer. Je ne m'imaginais pas qu'autant de diversité géomorphologique puisse se retrouver dans un seul et même endroit : lacs, mer, montagnes, fleuves. J'ai apporté quelques romans à lire et des textes de poésie mystique. Ulga et moi sommes installés au deuxième étage. Une sorte de mezzanine. Une attention que j'apprécie, comme si on nous avait aménagé une dépendance afin que nous ayons notre intimité. Le programme de demain est déjà fixé. Martha et Ulga ont décidé de faire une randonnée à vélo, le matin. Pêche pour Igor et moi. Et Vladimir a décidé de rester dans sa chambre. Il a l'air préoccupé, comme s'il était au milieu de quelque chose.

Ruminations

Le jour tant attendu approche. Karol va prendre l'avion et arriver à Varsovie. Il le fera sous une couverture. On préparera une escorte et on le conduira jusqu'à sa demeure à Cracovie. Les compagnons lui ont trouvé une maison discrète, pas loin de la paroisse. Dimitri était son assistant avant qu'il ne parte à Rome. Il a décidé de venir vivre avec lui. Il s'occupera de tous les aspects logistiques. Il connaît intimement Karol. Il saura anticiper tous ses besoins. Et surtout, le préserver des innombrables sollicitations des fidèles. Nous ne pourrons pas garder le secret longtemps. Son retour finira par s'ébruiter. Karol a besoin d'être protégé afin de se consacrer à sa tâche. La contre-offensive. La ruine morale de l'époque est abyssale. Elle nous mènera tous au gouffre si nous ne faisons rien. Karol, après avoir longtemps réfléchi et après moult sollicitations de notre part, a finalement accepté de diriger la *Brigade*. Ça fait des années que la *Brigade* existe. Clandestinement. Nous avons longuement réfléchi à comment nous allions nous y prendre. Ça nous a pris du temps de d'abord identifier l'ennemi et ses tentacules. Certaines sections avaient estimé qu'il fallait attaquer de front le capitalisme. Saboter ses infrastructures, plastiquer ses usines, ses ports, ses supermarchés, ses banques. D'autres ont pensé qu'il fallait travailler plutôt sur les ressorts psychologiques que le capitalisme avait actionnés en nous. Ce par quoi il nous avait soumis. Ce qui faisait que nous étions des consommateurs insatiables. Quelque chose dans la structure de notre cerveau nous pousse à sans cesse désirer nous nourrir, nous reproduire, acquérir de l'information, jouir au-delà de ce qui est nécessaire. Le striatum loge dans le cerveau reptilien et nous a aidés à survivre tout au long de l'histoire de notre espèce. À chaque fois qu'un désir du striatum est comblé, nous sommes récompensés par une décharge de dopamine. C'est lui qui est responsable de cette insatiabilité, qui nous fait dévaster jusqu'à notre habitat. Rien ne le limite. Les membres de ma section, après avoir longtemps étudié la question, ont estimé qu'on pouvait le reprogrammer de manière olfactive ou neurolinguistique. Les religions ont certes aidé certains individus à modérer leurs passions par auto-éducation, discipline, éthique ou ascèse, mais la grande masse n'y est pas arrivée et n'y parviendra probablement jamais. Ma section a conçu un programme qui peut artificiellement stimuler le striatum quand nous accomplissons une action allant dans le sens de la préservation de la planète. Ce programme inversera le processus de décharge de dopamine et de récompense mis en place par le cerveau. Celui-ci n'associera plus aux comportements qui fortifient les renforceurs primaires une récompense. Et pour cela, il suffirait de l'inhaler. On pourrait le vaporiser dans les supermarchés, les halls de gares, les salles de classes. L'idée serait de modifier le fonctionnement de la structure interne du cerveau. La dernière section de la *Brigade* pense qu'il faut préserver l'intégrité du cerveau et celle des individus et les conduire à la supraconscience. Sri Aurobindo a indiqué que si une minorité d'êtres humains par leur degré élevé de conscience et de méditation ouvrait le chemin de la supraconscience, celle-ci comme un vortex aspirerait la grande masse. Ce groupe veut que Karol dirige la grande prière qui va ouvrir ce champ supérieur de la conscience. Tous les orants de la planète devront choisir un jour, une heure, une conjonction des astres et unir leurs esprits et leurs âmes dans la prière, la poursuivre assez longtemps afin que le champ énergétique créé troue le ciel de la conscience. Il faut organiser cela, impliquer les moines dans les monastères, les chamans, les méditants dans les ashrams et les temples, les officiants dans les synagogues, églises et mosquées, les maîtres des initiations dans les bois sacrés, ceux qui regardent dans les boules de cristal, les hypnotiseurs, ceux qui soignent avec leurs mains… Il faut aussi se faire aider par les laïcs, qui eux communieront pendant un concert, une manifestation, un match de foot, afin d'augmenter la résonance de la fréquence et élargir le champ. Karol semble préférer cette option. Nous avons décidé avec ma section de quand même fabriquer en masse le produit à inhaler et, pendant la grande prière, de le vaporiser dans l'atmosphère. Les médecins de Czyste croient que j'ai un problème au cerveau. Pfut ! Ces idiots en blouse blanche ne savent pas avec leur petite science que j'ai déjà un pied dans la supraconscience. Cela fait des années que j'élargis la fréquence. Je vois loin, je sens loin. Ce jour-là, Ulga priera avec moi, nous avons la même longueur d'âme. Nous centuplerons la densité de la fréquence et sa vibration. Ulga et moi nous allons tout déchirer. Ouais, tout déchirer !!

La grande-fosse

Le pays sans fin demeurait vaste et illimité. Ngof s'y promenait sans se lasser avec le même étonnement et la même légèreté. De la vie d'en bas, s'il était une chose qu'il ne regrettait pas, c'était le corps et ses contraintes. Sa masse qui vous accrochait au sol, ses besoins à combler qui ne vous laissaient aucun répit. Puis avec le vieil âge, sa décrépitude et ses impossibilités ; la vue qui baisse, les rhumatismes, la force qui vous quitte ; alors que l'on sent son esprit aiguisé, la machine qui refuse d'obéir. La sensation d'apesanteur et de vélocité était un délice. Ngof n'en finissait pas d'explorer les possibilités de l'unité des sens et de l'intention. La perception du temps et des espaces avait changé. Le temps était devenu immobile, il ne s'écoulait plus. On pouvait le descendre et le remonter, arpenter ses chemins dans tous les sens, comme un tableau dont on contemplerait les personnages le plus en avant, puis ceux en arrière-plan, s'arrêtant sur les détails. Un tableau animé, où la scène dépeinte évoluait, se transformait, mais était donnée dans sa totalité. Ngof voyait la nouvelle scène se composer sous ses yeux, se figer, puis se réanimer. L'une des balades qu'il affectionnait était de se rendre aux abords de la grande-fosse, observer les événements candidats à l'histoire se presser et attendre leur moment. Le bouillonnement de la grande-fosse lui rappelait quelque chose de la vie d'avant. Cette effervescence du désir qui n'avait pour seule ambition que d'être et de s'accomplir. Le pays sans fin l'avait libéré de cette tension. Il n'y avait plus chez lui de laps de temps entre un souhait qui le traversait et son accomplissement. Il ne ressentait plus de tension liée au devenir. Il était. Complètement et définitivement. C'était cela le repos. Plus d'avant, plus d'après. Un maintenant vaste et profond. Aux abords de la grande-fosse, une ombre s'avançait, il y avait décelé les contours comme dédoublés du visage de Fodé. Ngof était perplexe. Fodé venait de vaincre la coalition des Nak et les jours qui s'annonçaient pour lui étaient favorables. Le Ndut était bel et bien terminé et tous les protagonistes étaient retournés à leurs occupations habituelles jusqu'à la fois prochaine. Il l'avait bien vue cette ombre, que signifiait-elle ? Il s'en ouvrit à Ngnima Faye. Parmi les ancêtres, elle était celle qui lisait le mieux la grande-fosse. Une ombre s'annonçait, mais elle concernait le double de Fodé. Ce jeune homme qui vivait dans un pays lointain et qui s'était un peu éloigné des siens. Les jumeaux étaient une seule âme incarnée dans deux corps. Ainsi, en une incarnation, cette âme pouvait vivre deux vies et à sa mort emmagasinait cette double expérience ; ce qui lui raccourcissait le chemin des existences qu'elle devait parcourir pour accéder un jour au repos au Pays des Ancêtres. Ngnima Faye conseilla à Ngof d'envoyer un message par le canal du songe à Fodé et à son double. Ils le recevraient tous les deux. Elle craignait que contrairement à Fodé Bouhel ne le décryptât pas. Cela faisait longtemps qu'il avait refermé cette porte dans son esprit, il ne percevrait que brume et n'y verrait que des rêves bizarres.

Sous l'ombre des pins

Martha et moi avons retrouvé ce matin les chemins de la forêt à vélo. C'est devenu un rituel. Tous les deux ans, nous passons la première matinée des vacances d'été à pédaler dans les forêts qui longent la mer Baltique. Nous nous arrêtons pour reprendre notre souffle, marcher un peu, nous asseoir dans l'herbe. Martha choisit ce moment pour faire le point, comme elle dit. Toutes les conversations qui ne peuvent se tenir dans le temps court d'un appel téléphonique reprennent ici sous l'ombre des pins chargés d'embruns. Martha m'impressionne. Elle n'oublie rien. Elle range les choses dans les cases de sa mémoire jusqu'au moment opportun. Je me rappelle quand nous étions enfants, Vlad et moi faisions des bêtises et croyions que celles-ci lui avaient échappé. Martha ne disait rien, jusqu'à ce que l'on pense qu'elle les avait oubliées et puis un jour, elle nous les ressortait jusqu'au moindre détail. Elle les avait compilées et archivées. Lieu, date, forfait et contexte. Elle attendait que celles-ci se répètent avant de sévir. Elle laissait passer les étourderies, mais refusait que s'installent les mauvaises habitudes. Je me disais qu'elle aurait pu travailler pour les services secrets tellement étaient grandes ses capacités d'observation et de mémorisation. Avant que je n'aille à l'étranger, sa relation avec Igor qui pourtant avait toujours été paisible était devenue houleuse. Il m'avait semblé qu'elle s'était apaisée ces derniers temps. Je lui demandai si ça allait mieux ou si c'était juste une accalmie. Il y a quelques années, Igor avait perdu son emploi de fonctionnaire des postes. Du jamais-vu, des fonctionnaires qui perdent leur emploi. L'État dans un plan de restructuration et de modernisation de l'administration avait licencié une bonne partie de ses employés. L'époque était à la transition. Les économies des pays de l'Europe de l'Est prenaient un virage néolibéral. *Moins d'État, mieux d'État*, était le nouveau mantra. Sous le ciel polonais, la fonction publique ne garantissait plus la sécurité de l'emploi. Une croyance, celle de la garantie de l'emploi quand on entrait dans la fonction publique, qui avait déterminé beaucoup de choix de carrière de gens de sa génération, s'était brusquement effondrée. La poste considérée comme une vieille institution peu efficiente avait fait les frais de la *restructuration*. Igor supportait mal de rester à la maison, occupé aux courses et aux tâches ménagères. Il s'était subitement senti déclassé et inutile. Il avait perdu de sa superbe et avait remisé son bel uniforme de chef des postes. Au début, il s'était engagé dans une association de préservation de la faune aquatique. Cette activité qui le passionnait lui laissait encore trop d'heures à tuer. Le temps qu'il passait à la pêche n'y changeait pas grand-chose. Il était devenu irritable et sa colère éclatait pour un rien. Martha avait su laisser passer la tempête. Elle avait veillé à ce que l'admiration qu'il lisait dans ses yeux ne baissât pas, ne fût-ce que du poids d'un atome. Elle avait aussi pris soin de ne pas se plaindre des restrictions qu'entraînait la baisse des revenus de la maison. On s'autorisait moins de loisirs ou de sorties au restaurant, mais l'essentiel était préservé. Igor avait peu à peu réinvesti son temps. Il avait refait la charpente de la toiture, aménagé le balcon, installé un potager dans l'arrière-cour et s'était mis à lire. Il avait redonné un sens à ses jours et leur avait trouvé une utilité en dehors de l'institution à laquelle il s'était identifié toute sa vie. Martha m'assurait que cela allait vraiment mieux entre eux. La saison des nuages était passée. Au bout de presque trente ans de mariage, il fallait bien qu'il y en ait une. À son tour, elle m'interrogea sur Bouhel. Quelles étaient mes intentions ? Pensais-je l'épouser un jour ? Serais-je prête à aller vivre dans son pays s'il le fallait ? Bouhel lui semblait quelqu'un de bien et elle l'aimait beaucoup. Le courant était passé entre eux. Je répondis que j'étais très amoureuse de lui. Mais surtout que nous nous entendions parfaitement. Je sentais que je pouvais aller au bout du monde avec ce garçon, nous serions de bons compagnons de vie. Ce sentiment s'était imposé à moi comme une évidence. Martha et moi reprîmes nos vélos. La journée était belle. Les garçons nous attendaient pour le déjeuner. Nous pédalâmes, légères, entre les pins et les roseaux, une brise nous caressait le visage, les poumons remplis d'air marin, un petit goût salé titillant le coin de nos lèvres.

Déjeuner sur l'herbe

Les garçons étaient là quand nous arrivâmes au campement. Igor et Bouhel étaient rentrés de leur pêche matinale. Elle était comme d'habitude infructueuse, aucun poisson dans les bacs. Vlad était resté dans sa chambre. Il avait l'air préoccupé. Bouhel et moi avions décidé d'aller marcher vers 18 heures, histoire de nous retrouver un peu seuls. J'avais envie de lui montrer mes sentiers secrets dans le sous-bois. J'avais découvert un enclos dans la forêt, un vieil arbre semi-allongé surplombant un plan d'eau protégé par une haie de pins majestueux. L'endroit était paisible et ombragé. J'y passais des heures à lire. Je le retrouvais intact tous les deux ans avec la même émotion. Le sentiment d'entrer dans un espace préservé des bruits du monde. Nos amis de vacances nous rejoignaient pour un grand déjeuner sur l'herbe. Arnis le Lituanien s'occupait des alcools, Helmut l'Allemand était à la console et nous faisait découvrir ses nouveautés musicales. Il était producteur dans un vieux label de jazz, et Gunnar le Suédois apportait les fromages. Igor, Martha et moi avions préparé la veille les viandes froides et les pommes de terre. Nous avions rapporté les desserts de Varsovie, dans des glacières. Bouhel avait promis de nous faire goûter du *ataya*, un thé de son pays que l'on préparait en trois temps. Le déjeuner dura des heures. Helmut nous avait fait voyager avec son jazz allemand parfois un peu intellectuel, mais qui avait sensuellement tapissé l'atmosphère. Vers 16 heures, son service de thé accompli, Bouhel prit congé. Il partit s'allonger dans la chambre. Certainement désirait-il un peu de solitude. Vers 17 heures, nous débarrassâmes. Martha et Igor partirent marcher un peu. Je passai dans notre chambre au second étage et embrassai rapidement Bouhel. Il lisait. Je descendis au premier étage pour voir Vlad. Je voulais savoir ce qui le préoccupait. Je le sentais un peu tendu.

*

— Ça va, Vlad ? tu as l'air préoccupé.

— L'heure approche.

— Quelle heure, Vlad ?

— Celle du grand bouleversement.

— Je ne te comprends pas…

— Aujourd'hui, nous allons ouvrir grand la porte de la supraconscience. L'humanité va accéder à un autre stade de son évolution. Celle de la conscience lumineuse débarrassée des ombres de ses instincts primaires.

Vlad avait quelque chose de particulier dans le regard. Une lueur que je ne lui connaissais pas. Je le sentais exalté. Comme s'il avait attendu ce moment toute sa vie. Quelque chose en lui sonnait grave, vrai et résolu.

— Explique-moi, Vlad, comment l'humanité va-t-elle atteindre cette supraconscience, grand frère ?

— J'aurais besoin de toi, Ulga. Tu vas nous aider à vite y accéder.

— Moi ? Comment ferais-je cela ?

— En priant avec nous. À 18 heures. Toute la communauté des gens qui prient dans le monde se joindra à nous. Nous avons besoin de toi en prière. Toi et moi allons densifier la vibration si nous prions ensemble, et cela va accélérer l'ouverture du champ de la supraconscience.

— Vlad, tu crois vraiment que l'humanité sera sauvée par une prière collective ?

— Bien sûr, petite sœur, c'est Karol qui dirige la prière. Il est rentré. Tout est prêt.

— Je ne peux pas. J'ai un rendez-vous avec Bouhel à 18 heures. Nous devons sortir.

Vlad hurla.

— Sortir avec ce gars ! Alors que l'humanité a besoin de toi. Que j'ai besoin de toi !

— Vlad, là tu exagères vraiment. Si tu veux, on en reparle à mon retour.

Je lui tournai le dos et me dirigeai vers la porte. Je sentis que quelqu'un saisissait mon bras et me tirait vers l'arrière. Vlad me jeta violemment sur le lit.

— Tu n'iras nulle part. Espèce de garce !

Je n'en revenais pas. Vlad plongea ses yeux dans les miens. Son regard était absent. Il se mit à me serrer la gorge. Je hurlais, me débattais, le griffais. Il ne me lâchait pas. J'étouffais. Dans un ultime effort je poussai un hurlement, criai le nom de Bouhel. Des images défilèrent devant mes yeux. Je vis Martha radieuse me sourire dans l'église lors de ma première communion. Bouhel entra dans la pièce et se jeta sur Vlad. Il essaya d'arracher ses mains de ma gorge. Vlad finit par me lâcher et bondit sur lui. Ils roulèrent sur le parquet et se mirent à se battre. Vlad avait une force animale. Il prit la chaise et la brisa sur la tête de Bouhel. Ma vue était floue, je respirais à peine. La violence de l'affrontement faisait vibrer la pièce. À un moment, j'entrevis que Bouhel avait réussi à lui faire une clef pour l'immobiliser. Il lui criait : « Arrête, Vladimir, arrête, c'est ta sœur, c'est Ulga ! » Vlad s'en échappa et se dirigea à nouveau vers moi. Bouhel le poussa avec force. Sa tête cogna le coin de la table. Vlad s'affaissa et le sang se mit à couler. Dehors les oiseaux chantaient et le ciel était d'un bleu étincelant. Les yeux de Vlad se fermèrent. Je n'entendis plus son souffle haletant. Le sang coulait encore.

Purgatio

Martha et Igor arrivèrent dans la chambre. Martha, découvrant la scène, poussa un cri. Vladimir baignait dans une mare de sang. Bouhel et moi étions affalés par terre, médusés par ce que nous venions de vivre. Je leur racontai ce qui s'était passé. Je parlais polonais. Vlad avait essayé de m'étrangler et Bouhel en tentant de l'en empêcher s'était battu avec lui, l'avait poussé pour me dégager et sa tête s'était cognée sur le coin pointu de la table. C'était un accident. Vlad avait réellement voulu me tuer. Igor sortit de la chambre et revint avec une arme à feu qu'il pointa sur Bouhel. Martha se mit à hurler et se plaça entre Igor et Bouhel. Nous nous mîmes toutes les deux à l'implorer de ne pas tirer. Ça ne ramènerait pas Vlad. C'était vraiment un accident. Vlad avait eu une crise de démence et si Bouhel n'avait pas été là, je serais certainement morte. Bouhel ne bougeait pas. Il ne disait rien. Comme s'il était silencieusement en prière. Des larmes coulaient sur son visage. Igor s'effondra en larmes. Martha lui prit l'arme. Nous nous mîmes tous à pleurer. Martha, Igor et moi nous nous prîmes dans les bras. Bouhel se mit un peu à l'écart.

*

La police arriva. L'officier prit les dépositions. Il nous demanda si nous voulions porter plainte pour homicide, même involontaire, contre Bouhel. Nous refusâmes. L'officier était suspicieux. Il n'avait pas l'air de trop croire à notre histoire. Il nous mit dans des pièces séparées pour recueillir nos versions des faits et posa plusieurs fois les mêmes questions. Il revint maintes fois sur la chronologie des événements, s'enquit des détails les plus minuscules. Qu'avions-nous mangé ? Combien étions-nous ? À quelle heure le repas s'était-il terminé ? Nos voisins confirmèrent la séquence jusqu'à la fin du repas. Pourquoi est-ce que Bouhel avait quitté celui-ci plus tôt ? Quelqu'un l'avait-il vu monter dans sa chambre ? Était-il possible qu'il soit allé voir Vladimir sans que l'on s'en rende compte ? Qui était ce jeune garçon ? Que faisait-il avec nous ? Était-ce un immigré ? Était-il en règle ? Où étudiait-il réellement ? Bouhel devait quand même être arrêté et entendu et interrogé plus longuement. Peut-être que le parquet s'auto-constituerait et qu'il y aurait un procès. Il serait transféré à Varsovie et détenu le temps que le procès ait lieu si le ministère public décidait de le poursuivre. Ils menottèrent Bouhel et le mirent dans la voiture de police qui s'ébranla. La terre de Jezerziany se dérobait sous mes pieds. Martha et Igor pleuraient toujours, en silence.

Pierre froide

Je suis assis sur une pierre froide. Elle me servira de lit. La couverture est élimée. La cellule sent la pisse. Quelque chose me dit que je vais rester ici un certain temps. Hier, ils m'ont interrogé quatre fois. La dernière fois c'était à minuit. Le traducteur et le dactylo étaient rentrés chez eux. Je dormais et l'officier m'a brutalement réveillé. Il s'est assis derrière l'ordinateur et avec un français approximatif, il s'est mis à me poser toujours les mêmes questions. Pourtant, j'ai déjà signé trois procès-verbaux. J'ai compris qu'il veut me pousser à l'erreur. J'ai répété le même récit. Je n'ai pas besoin de réfléchir, je raconte juste les faits tels qu'ils se sont déroulés. Comment ai-je connu Ulga ? À la fac. Depuis quand les Noirs étudient-ils ? a répliqué l'officier. Depuis qu'au début de la civilisation humaine, ils ont dû enseigner au reste du monde l'astronomie, les mathématiques, la hauteur des crues et le nombre d'or. Il n'a pas aimé ma réponse. Je m'en fous. Il n'est pas question que je me laisse insulter, ni que je dise ce qu'il souhaiterait entendre. Je sens qu'il n'aime pas le fait que je ne sois pas impressionné par leur armada ; que je n'exprime pas de la peur, que je leur réponde normalement et que je m'enquière de mes droits. Il aurait adoré que je me sente perdu, que je l'implore du regard. Depuis hier, ils me servent des repas infects dans une écuelle. Je les touche à peine. Ils doivent me trouver orgueilleux. Leur difficulté est de trouver un mobile à cet accident qu'ils aimeraient bien requalifier de meurtre. Pourquoi diable aurais-je voulu tuer Vladimir ? Je me sens terriblement peiné. J'ai tué un homme. C'était un accident, mais je l'ai tué quand même. Je me portais au secours d'Ulga et c'est arrivé. Quelque chose en moi s'est brisé. Je ne sais pas trop quoi. Je ressens une immense vacuité. Je me sens étrange. Ça fait quelques jours que je fais des rêves bizarres. J'ai pensé que quelqu'un n'allait pas bien au *pays*. J'ai même pensé à Fodé. J'avais décidé de l'appeler en rentrant de Pologne. Je ne m'imaginais pas que j'allais ôter une vie. Comme ça. Ils m'ont dit que j'aurais droit à un appel téléphonique au bout de quarante-huit heures, ensuite je serais présenté au juge. Soit celui-ci me libérera, ou bien il y aura un retour de parquet et j'attendrai l'instruction en cellule. Pour l'instant, l'officier essaie de m'avoir à l'usure. Il aimerait pouvoir signaler des incohérences dans mes propos au juge. Ce dernier interrogatoire est pénible, j'avais enfin trouvé le sommeil et je comptais déposer cette histoire jusqu'à demain avant de la reprendre, quand il m'a réveillé. J'ai rassemblé mes esprits et la confrontation a repris.

J'aimerais parler à Fodé. J'avais laissé son numéro à Ulga. J'espère qu'elle le préviendra de ce qui est arrivé. Les images de la bagarre me reviennent sans cesse. Je lisais *Fihi ma Fihi* allongé et j'étais au moment où Rûmi dit dans le texte : « Quand on vous jette des pierres, répondez par des fruits », lorsque j'ai entendu un cri étouffé. C'était la voix d'Ulga. J'ai dévalé les escaliers et je n'en revenais pas. Vladimir était en train de l'étrangler. Je l'avais toujours trouvé un peu bizarre, ce Vladimir, mais Ulga et lui semblaient très proches. Je n'aurais jamais cru que les choses puissent dégénérer ainsi. J'ai essayé de dégager ses mains de son cou, mais elles étaient comme aimantées. J'ai dû frapper fort au niveau de l'articulation de ses coudes pour que ses mains lâchent. Quelques rudiments de close-combat me sont revenus. Vladimir s'est jeté sur moi. J'ai senti sa force animale et le souffle de sa rage meurtrière. Je me suis dit : tant mieux s'il détourne sa folie sur moi. Je lui ai mis un coup de genou au niveau du plexus, ça lui a coupé le souffle et j'ai réussi à lui faire une clef du cou pour l'immobiliser. Il s'est dégagé et s'est rué à nouveau sur Ulga. Il lui en voulait vraiment. De toutes mes forces, je l'ai poussé dans le dos pour qu'il tombe à côté d'elle. Sa tête a cogné le coin de la table. Les images deviennent floues à ce moment. J'essaie de me rendormir. C'est demain que je vois le juge. Étant donné la manière dont les choses évoluent, je sens que ça ne sera pas une partie facile. Je bascule en mode lutte et survie. Je sens que le combat sera long. Je décide de dormir. Je dois reprendre des forces. Les *nian*[1] que j'avais appris adolescent me reviennent. Je les récite tous avant de m'endormir.

1. Les prières.

La garde à vue

C'est la quarante-neuvième heure de ma garde à vue, j'ai droit à un coup fil. Je le réclame à l'officier. Un avocat m'est commis d'office. Il sera là dans la demi-heure et m'aidera à préparer la rencontre avec le juge. Je compose le numéro d'Ulga. Le téléphone sonne.

— Ulga, c'est moi, comment vas-tu ?

— Je suis morte d'inquiétude depuis deux jours. Comment es-tu traité en cellule ? Ils ne t'ont pas frappé, j'espère ?

— Non, ils m'empêchent de dormir, m'interrogent sans cesse et la bouffe est infecte. Mais ça va. Comment vont Martha et Igor ?

— Ils sont effondrés. Nous sommes tous ravagés, Bouhel, mais personne ne t'en veut ici. Nous savons que c'est un malheureux accident. Tu m'as sauvé la vie. On savait Vladimir instable, mais nous n'avons jamais pensé qu'il pouvait diriger sa violence contre l'un de nous. Nous l'avions pourtant entrevue à Cracovie, cette fureur, mais nous avons préféré ne voir en Vlad que le gentil frère, un peu dans les nuages. Il sera enterré dimanche au cimetière de Powązki pas loin de son grand-père. La veillée, c'est ce soir à l'église Sainte-Croix. Nous sommes rentrés à Varsovie. Quand est-ce que tu vois le juge ?

— Tout à l'heure. Tu peux prévenir mon frère Fodé ?

— Tu ne veux pas attendre ton audition, peut-être qu'ils vont te libérer ?

— J'ai l'impression que je serai poursuivi par le parquet pour homicide involontaire, je me prépare à ce que cela soit long. Appelle-le et préviens-le. Je dirai à l'avocat commis d'office de te tenir au courant de la suite des événements. Je suis désolé, Ulga. Je suis terriblement désolé. Je serai avec vous en pensée ce soir.

— S'ils te détiennent encore après le week-end, je viendrai te voir. Lundi, je déposerai une demande d'autorisation de visite. Martha a un ami qui peut nous faciliter son obtention.

— Courage, Ulga.

— Courage à toi aussi, Bouhel. Je t'aime.

Le repos de Vladimir

Vladimir a été enterré ce matin. Ma tante maternelle qui vit à Poznań est venue à l'inhumation. Nos amis allemands, lituaniens et suédois ont fait le déplacement. Mes oncles du côté d'Igor étaient là aussi. Ils ont porté le cercueil. Nous étions en petit comité. Deux soignants de l'hôpital de Czyste sont venus. Ça nous a touchés. Lorsqu'on a franchi la porte du cimetière, Igor a failli s'effondrer. Martha l'a retenu par le bras. Je me rends compte de la grande importance des officiants dans ces moments. Leur capacité à dire les mots justes, ceux du réconfort et de l'espérance. Les paroles du père Doubinski m'ont mis du baume au cœur. Il a rappelé que la vie était grâce et don. Elle nous a été donnée. Elle nous est reprise. Après avoir lu un extrait du livre des sagesses, le père a rappelé les paroles de Jésus à la sœur de son ami Lazare qui venait de mourir : *Je suis la résurrection et la vie : celui qui croit en moi, même s'il meurt, vivra.* Il a prié le Seigneur, lui qui a fait revivre les morts, d'accorder la vie éternelle à Vladimir. Je pense à Igor. Martha et moi sommes croyantes. Ces paroles nous réconfortent. Igor ne l'est pas. Je me demande où il trouvera la consolation. Le cimetière est paisible. Vladimir est enterré pas loin de son grand-père. Je me dis qu'ici, il va enfin connaître la paix et prendre congé du monde et de ses vicissitudes qui l'avaient obsédé ces dernières années. À la fin de la cérémonie, une petite bruine s'est invitée. C'était comme si elle adoucissait la terre pour Vlad. Nous avons quitté le cimetière. En rentrant, j'ai appelé Fodé. Étrange, pendant une minute j'ai cru entendre Bouhel. Ils ont la même voix grave. Les mêmes inflexions. Fodé m'a écoutée calmement. À un moment il a lâché : *Roog Seen!* Il m'a d'abord longuement présenté ses condoléances, s'est enquis de mes parents et à la fin, il a demandé des nouvelles de Bouhel. Je lui ai expliqué qu'il devait être entendu aujourd'hui par le juge qui déciderait de le poursuivre ou non pour homicide involontaire. Fodé m'a chargée de lui transmettre son affection et de lui dire de faire preuve de courage et de patience. Ici, on prierait pour lui et il ne serait pas seul dans l'épreuve. Il m'a demandé aussi s'il pouvait m'appeler pour avoir de ses nouvelles. Il me rappellerait dans quelques jours pour savoir comment les choses avaient évolué et s'il y avait une adresse où on pouvait lui écrire. Il m'a interrogée au sujet des démarches pour obtenir un visa pour la Pologne.

Landing

Fodé m'a raconté ce qui est arrivé à Bouhel. Je le sens préoccupé par cette affaire. Il ne me parle pas beaucoup de son frère, mais je sais qu'ils sont très liés. Parfois, au détour d'une conversation, remonte une histoire de leur adolescence. Souvent c'est en évoquant Na Adama qu'il finit par raconter ses tribulations avec son frère. Une nuance dans sa voix trahit l'affection qu'il lui porte. Fodé m'a dit qu'il avait vu cette ombre en songe et qu'il avait tardé à s'en occuper. Il avait été trop pris ces derniers temps par diverses sollicitations. Il avait dû s'enfermer trois nuits et trois journées sur le cas d'une jeune dame prise de crises d'hystérie qui ne se déclenchaient qu'au crépuscule. Il aurait pu éloigner l'ombre et éviter à la famille d'Ulga ce drame. Vladimir n'était pas mort de sa vraie mort, il était parti plus tôt. On savait ici, en pays sérère, dévier un malheur, une agression sur un autre élément du vivant. Lorsqu'une maladie frappait à la porte d'une famille, on pouvait la détourner sur les animaux de la basse-cour en faisant les sacrifices adéquats. Fodé s'en voulait un peu d'avoir été négligent. Depuis le décès de Na Adama, c'est lui qui veillait sur Bouhel. De temps à autre, il consultait les présages, vérifiait si les chemins de son frère étaient toujours lumineux ou si les nuages s'amoncelaient au-dessus de sa tête. Il scrutait aussi la nature de l'ombre. Celle-ci n'était pas forcément mauvaise. Certaines épreuves étaient formatrices, on les laissait advenir, d'autres précipitaient au bord du gouffre, on les évitait en les détournant. Parfois, on enfermait un tourbillon au fond d'un puits, jusqu'à ce qu'il s'épuise. Fodé avait décidé d'aller voir le vieux Landing qui se reposait à Kaarang. Il était connu dans toute la région. Quand on avait un problème avec la justice ou l'autorité administrative, on le sollicitait. Il avait le pouvoir de vous éviter la prison ou des sanctions administratives. Les juges se retrouvaient muets ou incapables de proférer une décision vous sanctionnant. Sauf si c'était le jour de leur mort bien évidemment. Ces savoirs avaient été développés durant le temps colonial, quand le gouverneur de la colonie et son administration passaient leur temps à brimer les populations, leur imposant des travaux forcés, emmenaient de force leurs enfants à la guerre, prélevaient en impôts une partie importante de leurs récoltes ou exerçaient sur eux divers types de coercition. La prison en était une. Les vieux avaient développé des savoirs qui vous évitaient qu'une clef soit tournée dans votre dos, littéralement, que vous soyez retenu dans les liens de la détention. Parfois, un grand gaillard montant sur une balance qui devait décider s'il était apte pour servir de chair à canon dans une guerre lointaine voyait celle-ci afficher quarante kilos, alors qu'il en pesait deux fois plus. Il était ainsi réformé. Landing avait vu Bouhel sur son tamis entre le sable et les bâtonnets. Il avait dit à Fodé que ce dernier ne resterait pas longtemps en prison, au plus quelques mois. Il pouvait cependant être libéré plus tôt. Pour cela, il fallait qu'une certaine graine soit enfouie dans le sol faisant face à l'endroit où il était détenu. Il serait libre aussitôt. Autrement, il devrait patienter quelques mois. Fodé se gratta la tête. Comment planter cette graine devant une prison de Varsovie ? Déjà, dans ces villes en béton, il fallait que le sol ne soit pas entièrement pavé et qu'il y ait un espace où la terre survivait encore.

Adansonia

Le petit déjeuner est silencieux. Martha essaie de maintenir nos routines. La table dressée sur le balcon, le café, les pâtisseries, le petit déjeuner pris ensemble. Nous mangeons machinalement. Nous avons tous perdu l'appétit. Les choses ont désormais une saveur fade. Igor s'est enfermé dans un mutisme profond depuis la mort de Vlad ! Martha et moi aussi nous souffrons, terriblement ; mais nous prenons les journées les unes après les autres et tentons d'en venir à bout. Igor reste cloîtré dans la maison et ne bouge plus. Cela fait une semaine qu'il doit récolter les légumes du potager. Il n'en fait rien. On ne lui dit rien, non plus. Martha et moi les avons récoltés. Je lis un manuel de jardinage pour apprendre à planter de nouvelles boutures. J'ai besoin d'avoir des choses à faire. J'ai besoin de rester occupée. Sinon, je gamberge. Ce matin, je dois aller déposer ma demande d'autorisation de visite. Martha m'a conseillé de ne pas en parler à Igor. J'irai faire un tour au jardin botanique de l'université de Varsovie. Il a une collection de cinq mille espèces et quelques plantes tropicales acclimatées. Fodé m'a demandé de trouver la graine du fruit de l'*adansonia* et de l'enfouir en face, ou à proximité du lieu où est détenu Bouhel. Il m'a aussi suggéré, si je ne la trouvais pas, de chercher dans Varsovie un marché de produits africains ou asiatiques et de leur demander le fruit de l'arbre. Il est protégé par une coque oblongue. Après en avoir consommé la pulpe, j'y trouverai les graines. Elles sont noires et dures, en forme de haricot. L'*adansonia* est un grand arbre du Sahel que l'on trouve aussi en Afrique du Sud et à Madagascar. Dans certaines régions, il peut vivre plus de deux mille ans. Je n'ai pu m'empêcher de demander à Fodé en quoi les graines d'un tel arbre pouvaient aider Bouhel à sortir de prison ? C'est mon côté rationnel. Il m'a expliqué que le principe consistait à transférer les qualités de l'arbre à Bouhel et faire en sorte qu'il devienne cet arbre. L'*adansonia* est résistant et survit à des petits feux de brousse. Ses fleurs apparaissent en mai au début de la saison des pluies et tombent à l'automne. Bouhel ne resterait pas emprisonné au-delà de ce temps et résisterait à cette épreuve. Son tronc est large et on ne peut l'enserrer. Pareil pour Bouhel, on ne pourra ni l'encercler ni l'enfermer longtemps. Fodé insista pour que je trouve les graines au plus vite. Il fallait faire les choses au bon moment, sinon on ratait l'opportunité de changer le cours des choses. L'*adansonia* est un arbre dont les fleurs éclosent à la tombée de la nuit et se fanent au petit matin. Une fois la graine plantée, je devais le prévenir et il ferait ce qu'il faut pour que Bouhel devienne l'arbre. Fodé était si clair qu'il ne m'est plus venu à l'esprit de douter de ce qu'il me disait. Il donnait le sentiment de maîtriser son affaire. Bouhel m'avait dit que son frère était en apprentissage pour devenir un maître des initiations. J'étais ouverte aux récits miraculeux de l'histoire du christianisme et je me disais que rien ne m'empêchait de l'être à propos des mystères et des savoirs des humains d'où qu'ils viennent. Mon côté scientifique admettait l'inexpliqué. Et après tout, ce que nous ignorions constituait l'espace le plus large et le plus fécond.

J'ai passé ma journée à Varsovie. Finalement, c'est dans un petit supermarché tenu par un Vietnamien dans une impasse attenante à la rue Agrykola que j'ai trouvé le fruit et les graines. Le juge a décidé de garder Bouhel à la prison de Mokotów, le ministère public a finalement décidé de le poursuivre pour homicide involontaire. Les prisonniers en attente de jugement ou ayant de courtes peines y sont détenus. Dans mes souvenirs, la devanture de la prison est pavée. Sur le mur extérieur est peinte une fresque en mémoire des victimes des tortures et des exécutions d'opposants qui s'y sont déroulées durant l'occupation du pays par les Russes. Je suis allée traîner discrètement et pas trop longtemps devant la prison et j'ai observé sa façade. Devant la fresque murale, il y a des plots reliés par une chaîne ; juste à côté un arbre est planté et à sa base un peu de terre. Les visiteurs sont autorisés à s'arrêter devant ce pan du mur pour se recueillir s'ils le souhaitent. Je trouverai une astuce pour planter la graine.

Mokotów

Ma rencontre avec le juge s'est passée comme je l'avais pressenti. Il avait l'air de vouloir expédier cette affaire. Il a vérifié mon identité, lu les procès-verbaux de ma déposition et m'a posé très peu de questions. À un moment, il m'a regardé avec perplexité, comme si un doute s'était insinué dans son esprit. Il m'a demandé ce que j'étudiais. J'ai répondu la sémiologie et la littérature comparée. Il m'a demandé si je comprenais ce que signifiait la mort d'un homme de cet âge pour cette famille, dans ces circonstances. J'ai répondu que j'en étais parfaitement conscient. Mais que c'était un accident. Il a rétorqué qu'il fallait quand même qu'il y ait une instruction qui l'établisse sans l'ombre d'un doute, en attendant je resterais en prison. Mon avocat est resté muet durant tout l'entretien. Je lui ai demandé s'il avait l'intention d'entendre Ulga qui était un témoin capital de la scène. Il a précisé que le juge d'instruction s'en chargerait. Il m'a aussi dit que mon cas n'était pas trop compliqué et que l'instruction devrait aller vite. Je pouvais m'attendre à être jugé dans l'année. Les policiers m'ont ramené à la prison de Mokotów et on m'a changé de cellule. Je suis repassé par les services de l'administration pénitentiaire. On m'a expliqué à nouveau les règles du séjour. Les heures de promenade, d'extinction des feux, les jours de visites, la possibilité de travailler en cuisine, à la bibliothèque et à l'infirmerie si je me conduisais bien. Je partage ma nouvelle cellule avec un monsieur d'une cinquantaine d'années. Il s'appelle Alesky. Il est taciturne. Il est en fin de peine. La cellule est austère, mais propre. Alesky m'a indiqué par un geste le lit du haut. Ce sera le mien.

Ulga est venue me voir. Nous avons passé un quart d'heure au parloir. Le temps est passé vite. Beaucoup de choses se bousculaient dans ma tête. Je me demandais par quoi commencer compte tenu du temps dont nous disposions. J'appréhendais un peu cette rencontre. La première après le drame. Je me demandais si les choses avaient bougé chez elle. Je craignais que le désamour ne s'installe insidieusement. Je savais que, dans l'épreuve, elle me soutiendrait ; mais après, que se passerait-il ? Notre vie ne serait plus pareille. Ulga me gratifia d'un sourire. Elle avait l'air heureuse de me voir. C'était la fonction du sourire que de m'envoyer ce message. J'observais ses yeux, ils avaient toujours cette lueur qui s'allumait quand elle me regardait vraiment. Ulga s'enquit de mes conditions de détention. Je la sentais inquiète. Je répondis qu'étant donné le contexte, ça allait. Je n'étais pas vraiment à plaindre, je me demandais plutôt comment elle vivait la mort de Vlad. Après une courte hésitation, elle répondit qu'elle n'y croyait toujours pas et se demandait parfois quand elle allait se réveiller de ce mauvais rêve. Certaines nuits, elle se réveillait et revivait la scène. Elle ajouta qu'elle pouvait imaginer ce que je ressentais et qu'elle espérait que je ferais la paix avec ce qui s'était passé. Je lui ai demandé si elle m'aimait encore. Elle s'est tue un moment et a répondu qu'elle m'aimait comme au premier jour, mais qu'elle ne savait pas si ses parents réussiraient un jour à dépasser le drame. Je leur rappellerais toujours la mort de Vladimir. Je ressentis une douleur au plexus. J'aurais tellement souhaité qu'un jour, ils puissent me pardonner. Je partageais leur peine, celle-ci s'ajoutait à la mienne dont je ne savais que faire. Et si ses parents ne me pardonnaient pas, que ferait-elle ? Je n'eus pas le courage de lui poser cette question. Je craignais qu'elle ne sache pas me répondre et que cela me terrifie. C'était trop lui demander que de me rassurer sur l'avenir de notre relation. C'était égoïste. Je devais accepter l'inconnu qui s'ouvrait désormais devant nous. Pour l'heure, il fallait que je passe ce temps, que je sorte de là. Qu'Ulga et ses parents cheminent dans leur deuil. J'espérais que je serais jugé avant septembre. Peut-être que je pourrais commencer le Master de Samuel Angelus Hergibo en même temps que tout le monde.

Lamento

J'ai vu Bouhel. Il a un peu maigri. C'est la première fois depuis cette terrible après-midi à Jezerziany. À présent, Vlad repose en paix au cimetière de Powązki à côté de notre grand-père. J'ai pu enterrer la graine devant la prison comme me l'avait demandé Fodé. Je l'ai appelé. Il m'a dit qu'il irait voir un vieux nommé Landing qui se chargerait du reste. Bouhel ne moisira pas en prison, d'après Fodé. Je suis venue une demi-heure avant l'heure de la visite. Je me suis recueillie devant la fresque. Pour moi, elle symbolise la peine, mais surtout l'injustice, particulièrement celle du destin. Je me suis approchée de l'arbre et j'ai enfoui quelques graines d'*adansonia* dans le sable. Bouhel avait comme d'habitude l'air serein, mais j'ai senti une inquiétude sourde chez lui. Il m'a demandé si je l'aimais. Ce n'est pas son genre, les grandes déclarations. Il préfère poser des actes qui disent son engagement. Peu à peu, j'ai appris à décrypter son langage amoureux, fait de gestes, d'attentions, de présence. Cette retenue dans l'expression des sentiments existe aussi dans la culture polonaise. Elle ne m'avait pas choquée chez lui... Igor est un peu comme ça. Je l'aime bien sûr. J'étais là ce jour-là, il essayait de me dégager des griffes de Vlad et les choses ont dérapé. Si Bouhel n'était pas intervenu, mes parents auraient perdu d'un coup leurs deux enfants. Je serais morte et Vlad serait en prison ou interné à vie dans un hôpital psychiatrique. Bouhel m'a dit qu'il partageait sa cellule avec un taiseux. Un certain Alesky, la cinquantaine, et que ceci l'arrangeait. Il essaierait de trouver un boulot en bibliothèque. Il y avait passé une demi-heure et avait remarqué que tous les bouquins étaient en polonais. Il souhaitait que je lui amène des livres écrits en français et des carnets pour prendre des notes. J'ai senti qu'il se préparait à un long séjour. Cette manie qu'il a de faire avec la situation, de l'accepter, de s'y adapter. Il pense déjà à comment occuper ce temps dont nous ne savons s'il sera long ou pas. Igor est toujours enfermé dans son mutisme. Martha essaie de le ramener à nous. Elle lui propose maintes choses à faire. Il n'a envie de rien. Même la pêche du samedi matin est passée à la trappe. J'ai de la peine à le voir ainsi. Igor fait une dépression. Le désir et la volonté l'ont quitté. Cet état est contagieux et j'essaie de ne pas trop l'approcher. Je le comprends, mais je lui en veux de ne pas plus résister que ça, de ne pas nous soutenir Martha et moi, de rajouter à notre peine, déjà abyssale, celle de le voir jour après jour sombrer. On ne sait jamais où se loge la douleur chez une personne, le gouffre intime dans lequel elle s'accumule. Vlad et Igor n'étaient pas particulièrement proches. Pourtant rien ne les opposait, leur rapport était fait d'une affection sans effusions. Puis, la maladie de Vlad avait rendu la communication difficile. Il fallait rentrer dans son monde pour lui parler. Igor s'y refusait. Il lui disait que ses histoires étaient à dormir debout. L'instabilité des états de Vlad faisait qu'il oscillait entre normalité, lucidité, extravagance et parfois extralucidité. Ces registres souvent se mêlaient et on ne savait plus sur quel pied danser avec lui. C'était épuisant et Igor avait déclaré forfait à ce jeu. Il aimait Vlad, mais ne pouvait communier avec lui. Peut-être s'en voulait-il de n'avoir pas su lui parler. La mort l'avait arraché et avait condamné leur relation à en rester là. Elle était traîtresse. La mort. Elle figeait les choses dans leur élan, parfois leur routine. Elle les arrêtait au milieu de leur balbutiement, leur envol, ou au seuil de leur parachèvement. Elle est souvent inachèvement, et ne permet plus ni rachat ni rectification. Vlad était parti et le dialogue n'avait pas eu lieu. Igor avait entonné un long *lamento* silencieux qui résonnait dans la maisonnée.

Dilemma

J'ai repris le travail au restaurant. Ce mois passé à Marmyal m'a rasséréné. Cela faisait quelques années que j'avais laissé de côté les questions spirituelles. Comme un vêtement que l'on range sagement dans un placard. En prison, elles étaient remontées. Je les avais laissé tournoyer au-dessus de ma tête puis repartir. J'étais occupé à lutter contre un temps qui ne passait pas. Je rusais avec lui. Lecture, prise de notes, promenades, exercice physique. Le pire était de ne pas savoir combien de temps j'y resterais. L'instruction devait se faire, ensuite le juge allait enrôler mon affaire et enfin une date de procès serait fixée. Mon avocat qui était devenu un peu plus disert m'avait dit que le système était encombré, mais il arrivait que le juge décide de traiter une affaire avec diligence. Si mon pays par le biais de son ambassade faisait pression, indiquait que ma situation le préoccupait, ça pouvait être le cas. Ce mois passé à lire les textes d'Eckhart et de Thérèse d'Ávila avait réveillé un questionnement que j'avais par le passé congédié. L'absolu est un territoire vertigineux. J'avais laissé les questions aporétiques sur le bord de la route. Pour avancer sur les chemins de la vie, j'avais besoin de réponses. À la poésie, j'assignai la fonction de nourrir mon élan vers l'infini ; à la quête du savoir, celle de répondre à mon désir de comprendre, à l'amour celle de me faire rencontrer la beauté et au travail celle de m'accomplir et de contribuer à la transformation du monde.

À Marmyal, au cœur d'un cloître habité par le divin, je m'étais rendu compte que l'on pouvait vivre sans réponse à la question abyssale de Dieu. De frère Tim, j'avais appris que le plus important dans la démarche spirituelle, c'était le questionnement. La foi, la religion, n'est pas une réponse en soi, mais plutôt un lieu à partir duquel s'élance la question essentielle du sens de la vie. À Mokotów, j'eus des journées entières pour réfléchir. J'avais ôté la vie d'un homme. Que signifiait cet acte. Que valait une vie. J'avais ressenti un vide immense, comme si une énergie m'était enlevée. En ôtant une vie, je m'en étais amputé. Quelque chose était mort en moi. Et ce n'était pas seulement l'innocence désormais perdue. Parfois je ressentais ce vide au bas du ventre. J'avais flotté pendant des semaines, inconsistant. J'avais médité sur la part incontrôlable de notre destin. J'avais beau tourner les choses dans tous les sens, je ne voyais pas comment j'aurais pu éviter ce qui était arrivé cette après-midi-là à Jezerziany. Dès que j'étais entré dans la chambre, j'avais été happé par le drame qui se jouait sous mes yeux. Mis dans une même situation une centaine de fois, j'aurais réagi pareil. J'aurais essayé d'extraire Ulga des griffes de Vladimir. Le tourbillon nous avait emportés et l'issue de la bagarre m'avait échappé. Ce bout pointu de la table qui était là, cette poussée dans le dos. Ce moment avait fait basculer nos vies, à Vlad, Ulga, Martha, Igor et moi. À Mokotów, au bout d'une semaine, j'épousai le rythme de la prison. L'heure du lever, l'extinction des feux, les repas, la promenade. J'appris à vivre avec ce sentiment de dépossession d'un temps sur lequel désormais je n'avais plus prise. En réalité je n'étais pas dépossédé de mon temps, j'étais entravé. Je ne pouvais plus l'ordonner à une fin que j'avais choisie, toutes mes projections étaient déjouées et je ne savais pas quand je pourrais à nouveau me le réapproprier. J'allais probablement rater la rentrée universitaire, pourrais-je même reprendre mes études un jour ? Rien n'était moins sûr. Les premiers moments, je passais des journées entières allongé dans mon lit à regarder le plafond. À réfléchir. Je pouvais consacrer de longues heures à gamberger, rêvasser, réfléchir sur des choses et d'autres. M'endormir et me réveiller avec une idée. La creuser.

À ma grande surprise, Martha était venue me voir. Elle portait une robe noire ce jour-là. Je lui avais présenté mes condoléances, dit ma peine et mon regret profond. Pendant que je lui parlais, elle avait posé sur moi un regard d'une infinie tendresse. D'elle se dégageait la force de ceux qui ont été traversés par une grande douleur et qui y ont survécu. Elle me dit simplement qu'elle souhaitait que ma relation avec Ulga prenne fin. Igor ne pourrait jamais vivre avec l'idée que son beau-fils était celui par qui la mort de Vladimir était arrivée. Elle savait qu'Ulga m'aimait et qu'elle ne prendrait pas une telle décision, qu'elle aurait l'impression de me trahir. Mais que je devais bien cela à leur famille, ne plus les maintenir dans une situation insoutenable. Martha me demandait, une fois sorti de Mokotów, de quitter Ulga. En partant, elle ajouta qu'elle était sûre que je comprenais et que j'avais assez de générosité pour prendre cette décision-là. J'avais le sentiment que, depuis un certain temps, ma vie était un navire en déréliction battu par les flots et que des vents contraires menaient vers une destination inconnue. J'étais devenu le jouet des circonstances externes. Il m'était demandé de mettre fin à la relation d'amour que je vivais avec Ulga. Une plante lumineuse qui grandissait et s'épanouissait dans un sol riche. Je devais la couper. L'arracher de son sol.

Calligraphie

Du pays sans fin Ngof observait le destin des frères jumeaux. Fodé était à Sindia et vivait son sacerdoce de maître des initiations. Sa cour ne désemplissait pas. Marème et lui vivaient une union parfaite. Un amour solidaire et bienveillant. Une rivière ne sortant pas de son lit. Leurs débuts furent difficiles. Ngof se souvint des tourments de Fodé. La famille de Marème trouvait que leur fille, éduquée et diplômée, pouvait prétendre à mieux qu'un jeune menuisier sérère vivant à Sindia et consacrant une partie de son temps à une tradition que le train du temps avait laissé sur le quai. Fodé s'en était ouvert à Ngof. Il lui avait dit que l'amour était le socle indispensable d'une union maritale. Mais il devait savoir si Marème était son épouse. Si leurs destins s'accordaient. Il avait consulté les oracles et il lui fut dit que les lumières de leurs astres se réfléchissaient ; leurs *baraka* étaient jumelles, ils formeraient un couple heureux et la bonne fortune serait leur compagne. Ngof lui avait conseillé de supporter l'opposition et les quolibets de la famille de Marème, de ne pas laisser l'orgueil devenir son maître en renonçant à leur union. Fodé et Marème ne cédèrent pas et se marièrent dans une salle presque vide, devant un officier d'état civil attristé par l'écho de sa voix que lui renvoyait la salle.

Ngof pensa à Bouhel. Le cadet des jumeaux avait choisi d'aller étudier dans une contrée lointaine appelée Tugal[1]. L'aventure avait commencé sous de bons auspices, puis poussés par un vent d'hivernage, des nuages s'étaient amoncelés au-dessus de sa tête. Bouhel vivait une période trouble. Il tournait en rond dans un enclos dont il sortirait bientôt. Son esprit était brumeux. Il reprendrait sa route et sa quête continuerait. Mais il lui fallait encore traverser des pays et arpenter des chemins.

Ngof alla se promener aux abords de la grande-fosse. C'était un endroit où il aimait s'arrêter après ses longues errances dans l'immensité du pays sans fin. Ce jour-là, il vit Na Adama assise. Les visages du pays sans fin étaient apaisés. L'inquiétude était absente de la contrée des bienheureux. Savoir comment les choses advenaient, sous quelle forme elles se présentaient pour ceux d'en bas, teintés d'ombre et de lumière, en comprendre le sens, les rendaient sereins. Na Adama veillait sur ses enfants, et la grande-fosse lui indiquait les houles et les brises à venir. Sur les tourments de Bouhel, elle portait un regard sans inquiétude. Son amour était un vent bienfaisant qui soufflerait sur le visage de son fils le moment venu. Ngof la salua en intention. Na Adama lui répondit dans l'espace du silence. Ils savaient tous les deux qu'ils veillaient sur les jumeaux. Que ceux-ci devaient traverser leur propre nuit, qu'une partie de leur destin était entre leurs mains. Ils en

1. Le pays étranger, ici : la France.

tenaient le calame et le parchemin, nul ne pouvait effacer la calligraphie qu'ils y dessineraient. Une autre leur était imposée. C'était leur chemin initiatique. À travers eux, la vie accomplissait des desseins qui leur échappaient. C'était ainsi.

La mer se retire

Dans un village d'un pays nommé Japon, les habitants régulièrement frappés par des tsunamis se virent proposer un mur qui les protégerait des vagues. Ils refusèrent car ils ne verraient plus la mer. Ils préférèrent déplacer le village en hauteur. Avant le tsunami, la mer se retire d'abord et revient ensuite avec fureur. Regarder le retrait de la mer, scruter la vague qui arrive, permet d'en apprécier la force et de choisir la hauteur à laquelle on se réfugie. Je viens de lire cette histoire dans le seul livre en anglais de la bibliothèque de Mokotów. J'ai passé plusieurs mois dans cet établissement pénitentiaire. Mon jugement a finalement eu lieu. J'ai été acquitté. Je n'ai pas vu la vague arriver. Elle s'est abattue et m'a submergé. Par contre, j'ai vu son long retrait. Je l'ai observé, jour après jour, refluer, lentement. J'ai scruté la laisse qu'elle a dessinée sur le rivage. Au début, je comptais les jours. Je vivais au rythme des visites d'Ulga, avant qu'elle ne reparte pour la rentrée universitaire, et des courriers de Fodé que je recevais mensuellement. Chaque semaine, je passais au secrétariat de l'administration pénitentiaire pour savoir si mon procès était programmé. Au bout de trois mois, j'avais arrêté de mettre ma vie sur le billot du temps compté. Après être passé par des phases de lassitude, de déprime, d'espoir, j'ai fini par accepter que le jugement arriverait bien un jour, proche ou lointain ; que je devais me faire à cette idée et ne plus vivre dans son attente.

Je vais sortir dans deux heures. Alesky m'a accordé une poignée de main chaleureuse. Une connivence silencieuse s'est établie entre nous. Je lui ai fichu la paix et il m'a laissé tranquille. Nous avons apprécié l'espace que nous nous sommes donné, malgré l'exiguïté de la cellule. Ulga est venue me chercher. J'ai décidé de lui parler dans la voiture qui nous ramène aux Magnolias. J'ai beaucoup pensé à la peine d'Igor et de Martha, mais j'ai surtout réfléchi à comment il serait possible de continuer à vivre avec elle, en sachant que j'avais ôté la vie de son frère. Le trajet est long. Nous sommes en hiver. Je suis heureux d'être sorti de prison, mais je ne me sens pas encore libre. Ulga a un pull bleu. Nous nous sommes longuement étreints. Je me suis enivré de son odeur de menthe verte et de mangue salée. Un puissant désir est monté en moi. L'album *No Sant* de Wasis passe en boucle dans l'autoradio. J'apprécie cette attention. Je me dis qu'une fois arrivés chez nous, je n'aurai plus le courage de lui parler. Le temps sera aux retrouvailles. Je ne veux pas les gâcher. Plus j'attendrai, moins je serai résolu. Il faut que je lui parle maintenant.

— Ulga, tu vois mon ami Bassa qui vit en Suisse. Je t'ai déjà parlé de lui. Quand je suis arrivé en première année, j'ai passé mon premier été chez lui. Il habite Genève. Il m'avait fait visiter Lausanne, et ensuite nous sommes allés au festival de jazz de Montreux. J'aimerais aller passer quelque temps chez lui.

— Tu ne veux pas venir chez nous, je ne t'ai pas manqué, Bouhel ?

— Si, si, Ulga. J'ai pensé à toi tout le temps que j'étais à Mokotów. Je ne crois pas revenir tout de suite, mais dans quelque temps.

— Tu ne vas pas t'occuper de ta réinscription à la fac ? J'ai parlé à Angelus Hergibo. Il a accepté de te garder une place en Master. Là, ils ont fini l'année universitaire, mais peut-être qu'il te reprendra dans le Master de l'année prochaine ?

— Ulga, le récépissé de ma carte de séjour expire dans deux semaines. Tu les connais, ils ne vont pas me le renouveler. Je n'ai pas d'inscription pour cette année. Je ne pourrai pas justifier mes revenus de ces six derniers mois.

— À quoi penses-tu, Bouhel ? Tu veux me quitter ?

— Ma présence dans votre famille est devenue impossible, Ulga. Elle rappellera toujours à tes parents la mort de Vlad. Je ne veux pas que tu aies à choisir entre eux et nous. Je n'ai jamais autant aimé une personne comme je t'aime. Là n'est pas la question. Il faut juste que l'on regarde lucidement les choses. La mort de Vlad est un abysse qui s'est ouvert entre nous. Tu penses qu'on pourra un jour le refermer ?

Ulga se tut pendant un long moment. Elle ralentit un peu et se mit sur la file de droite. Nous étions sur l'autoroute. Une aire de repos était indiquée à deux kilomètres. Elle prit la sortie et gara la voiture. Il faisait nuit et froid. Ulga sortit et s'adossa à la voiture. Je la rejoignis et me mis à côté d'elle. L'attente de ce qu'elle allait dire m'était intenable. Le temps ne passait plus.

— Bouhel, j'aimais mon frère. Savoir que sa folie a été plus forte que son amour pour moi me fend toujours le cœur. Je n'arrive toujours pas à croire qu'il ait voulu m'étrangler. Tu m'as sauvé la vie et je t'en serai toujours reconnaissante. Vlad est mort accidentellement. Tu ne l'as pas voulu. Je sais que tu y penses souvent. Igor ne s'en remet toujours pas. C'est vrai, Bouhel, mes parents ne pourront plus t'accueillir comme leur beau-fils. C'est trop dur pour eux. Aussi paradoxalement que cela puisse paraître, tu as aussi sauvé ma famille. Elle se serait effondrée si Vlad m'avait tuée. Martha m'a dit qu'elle était soulagée que tu sortes de prison. J'ai pensé à tout ceci, tout le temps que tu étais à Mokotów. Je n'ai pas beaucoup dormi ces derniers mois. Martha et Igor ont besoin de moi, je ne peux pas les abandonner. En liant ma vie à la tienne, ils le vivraient comme une trahison. Je le sais. Je ne veux pas non plus trahir notre amour. Je t'aime profondément, Bouhel. Ça me soulage que tu abordes cette question. Je n'ai pas envie que l'on se quitte, c'est la dernière chose au monde que je souhaite. Mais j'ai le sentiment que notre vie sera impossible. Tôt ou tard, cette histoire resurgira. Ce précipice, je ne sais pas si un jour nous pourrons l'enjamber.

Pendant qu'Ulga parlait, je lui avais pris l'épaule. Le vent frais de la nuit nous lacérait le visage. Nous nous prîmes dans les bras et pleurâmes en silence.

A Kind of Blue

J'avais retrouvé notre studio des Magnolias avec une certaine émotion. Sa beauté m'apparut. Notre lit, mes livres, mes vêtements, la tasse dans laquelle je buvais du café. L'atmosphère sereine et studieuse de notre éden. Ses tons pastel. La belle musique qui en tapissait l'atmosphère. *A Kind of Blue*. Notre fenêtre donnait sur un terrain de foot situé en contrebas de l'immeuble. De là, on apercevait la bibliothèque centrale de l'université et les bâtiments de la faculté d'économie et de droit. Je retrouvai la joie de la course à pied matinale. Pouvoir déployer à nouveau sa foulée, se vider les poumons, courir autant que l'on souhaite. Le tram passait à intervalles réguliers. Je décidai de ne m'arrêter à courir autour du terrain qu'après le passage du dixième tram. Ulga et moi, comme des belligérants qui tacitement conviennent d'une accalmie, avions décidé de passer ces derniers jours de vie commune en paix. Nous reprîmes nos habitudes. Le temps était chargé d'une intensité particulière. Elle décida de me faire découvrir la poétesse polonaise Wisława Szymborska. Son recueil de poèmes, *Pourquoi nous vivons*, résonnait profondément en moi. Je lui racontai des histoires de mon enfance. Nous fîmes l'amour passionnément à plusieurs reprises. Toujours avec cette saveur de la dernière fois. J'avais contacté mon ami Bassa qui vivait à Lausanne. Je lui avais dit que je venais pour un certain temps. Je ne pouvais plus rester dans ce pays. Il comprit sans que j'eusse besoin d'entrer dans les détails. Il répondit qu'il m'aiderait à trouver un petit boulot, cela me faciliterait l'obtention d'un titre de séjour. Ulga et moi ne vécûmes pas ce temps comme un sursis qui nous était accordé, mais comme des heures à pleinement vivre. La veille de mon départ pour Lausanne, nous dînâmes dans un restaurant indien de la rue de Bourgogne. Orléans était belle ce soir-là. Nous nous promenâmes sur les bords de Loire. La langueur des chalands se miroitait dans les eaux du fleuve. Avec Ulga, nous étions convenus que je partirais quand elle serait en cours. Je laisserais les clefs à la concierge. Ainsi, nous nous éviterions des adieux déchirants. Ce matin-là, nous nous étreignîmes longuement. Je la regardai disparaître dans l'embrasure de la porte. *Galu Nobéél*, la pirogue de l'amour avait échoué sur une banquise. En partant, je lui laissai une lettre sur le lit. Je me rappelle encore aujourd'hui les mots qu'elle contenait.

Ulga,

Il fait 16 degrés, je pense à toi. Hier, je n'ai pas voulu faire ma valise pendant que tu étais là. J'ai laissé toutes mes affaires en vrac comme si je restais pour une éternité. J'ai attendu que tu ailles en cours pour péniblement commencer à les ranger. Je n'emporte pas tout, je laisse çà et là quelques traces de ma présence que tu découvriras. M'habite l'idée que l'on ne touche pas impunément à la grâce, fatalement s'enclenche une réaction cosmique. Pour l'heure, c'est la lecture que j'ai de l'avalanche qui nous a ensevelis et a transformé notre paisible jardin en terres brûlées d'Alamagordo. La tonalité de cette journée est à la tristesse, mais je n'ai pas envie d'être ingrat envers le Temps qui m'a offert ces jours d'un parfait bonheur auprès de toi. J'accepte de vivre ces instants avec la tonalité qui leur est propre. Je médite sur le temps et me dis qu'il faut savoir entériner paisiblement la fin d'un moment. Il faut bien que certains instants finissent pour que d'autres adviennent. D'autres, chargés de cette grâce particulière que déjà l'on regrette. Je sais que désormais il me faudra quitter ce temps et me tenir sous le porche de la promesse, de l'espérance, de la vie. À nouveau, il me faudra épouser le manque et la solitude. Quand verrai-je à nouveau le royaume ? Je ne le sais pas. Tout cela dépend du versant de la montagne sur lequel on se trouve. Cependant, ce que je sais, avec la certitude d'un yaquin[1], *c'est que tu demeureras en moi éternellement, dans la vallée de l'amour.*

1. *Yaquin* : certitude absolue, dans l'islam soufi.

Pourquoi nous vivons

Cela fait trois ans aujourd'hui que je suis dans ce pays. Je n'ai pas senti le temps passer. J'ai fini par quitter la brasserie. Je suis désormais employé à mi-temps à Marmyal. Frère Tim m'y invite régulièrement à travailler sur des manuscrits à éditer. Je fais désormais partie du décor du cloître. Je me sens comme un semi-clerc. Je partage mon temps entre la paix du Marmyal et l'atmosphère quelque peu irréelle de Genève. Tout y est si particulier. Il m'arrive de penser à Ulga. Que devient-elle ? Est-elle devenue ingénieure en aérospatiale ? Le rêve récurrent m'a quitté. Je songe souvent à Vladimir. Parfois je crois apercevoir sa silhouette au détour d'une rue. Furtive. Étrange sensation. J'ai compris que je ne pouvais pas changer le passé, mais que je pouvais lui donner un sens. J'ai décidé que j'allais m'incorporer l'âme de Vladimir, la faire revivre en moi. Reprendre son rêve. Pas le projet fou de sauver l'humanité, mais celui de m'employer à être un honnête homme, bon, juste. Réduire la surface de l'égoïsme, mieux commercer avec mes semblables, les aimer si possible, communier avec le tout-vivant. Juste cela. J'ai fait ce rêve étrange l'autre soir. Frère Tim était dans un endroit qui ressemblait à une terre sans limites, surmontée d'un ciel profond. Il devisait tranquillement avec Ngof. Ils étaient assis aux abords de ce qui ressemblait à une grande-fosse. Que pouvaient-ils bien se dire ces deux-là ? Ils étaient sereins et leurs visages baignaient dans une paix que rien ne semblait pouvoir troubler. À un moment, ils se levèrent et se mirent en mouvement. Frère Tim fermait la marche. C'était comme si Ngof lui faisait faire le tour d'un domaine sans bornes. Je vis leurs silhouettes s'éloigner puis disparaître.

Je dois me préparer à aller à la gare de Genève-Cornavin. Fodé arrive par le train de 10 heures. Il a finalement obtenu son visa. Il vient me rendre visite. Toutes ces années sans son visage en face du mien et ses yeux qui vous scrutent le fond de l'âme. J'ai depuis déménagé dans un deux-pièces. J'ai quitté le studio de l'avenue Louis-Casaï. La chambre de Fodé est prête. C'est là que j'empilais mes livres et les manuscrits du cloître à lire, à même le sol. J'ai désencombré le lieu. Marème m'a indiqué que Fodé aime parfois dormir par terre, mais avec ce froid j'espère qu'il consentira au lit. J'ai hésité sur la couleur du drap. J'ai finalement opté pour un bleu qui rappelle la couleur des pagnes indigo de Na Adama. Je me souviens qu'enfant, il se couchait toujours du côté droit du lit sur une fine bande, comme s'il ne devait occuper que le strict espace nécessaire pour allonger son corps. J'anticipe déjà les longues soirées de discussions. Le partage des apprentissages de nos chemins. Ce moment où nos deux fleuves se mêleront en un grand cours d'eau. J'attends encore quelques minutes avant de prendre l'ascenseur. Ici les trains et les tramways sont à l'heure. J'arriverai à 10 heures moins cinq minutes sur le quai. Je le verrai descendre de la voiture 12 et chercher mon visage dans la foule de ceux qui attendent.

Pendant quelques secondes, j'aurai le sentiment étrange de me voir dans un autre corps, comme dédoublé. Je ressens par anticipation la joie de ce moment où tous les fleuves mènent à la mer, et mes rêves, à ce seul quai de gare.

Composition : Soft Office.
Achevé d'imprimer
sur Roto-Page
par l'Imprimerie Floch
à Mayenne, en décembre 2021.
Dépôt légal : décembre 2021.
Numéro d'imprimeur : 99480.

ISBN 978-2-07-295128-2 / Imprimé en France.

397238